HALLO WACH!

„Welcome to Hysteria" ist ein Theaterstück mit 21 Rollen für Jugendliche ab 13 - über Gruppendruck, Hetze und Diskriminierung. Aber auch über: Freiheit, Zivilcourage und Aufstehen gegen Ungerechtigkeit. Es kann als Schullektüre im Unterricht mit verteilten Rollen gelesen oder sogar einstudiert werden – mit der Klasse, der Theater-AG oder dem theaterpädagogischen Jugendclub.

Das Theaterstück zeichnet nach, wie in als bedrohlich empfundenen Situationen und Krisen autoritäre Systeme aus der Mitte der Gesellschaft erwachsen können – mit Ausgrenzung von Minderheiten, Sündenbock-Mechanismen, Konformitätsdruck und unkritischem Mitläufer-Verhalten.
Im Mittelpunkt steht eine ganz normale Schulklasse in einer angsteinflößenden Notsituation. Durch den unbedingten Willen, in dieser Situation das moralisch „Richtige" zu tun, gerät die Klasse ungewollt auf eine gefährliche Rutschbahn – in einen Strudel aus Gruppendruck, Schuldzuweisungen und schlussendlich Hass.

Explizit will „Welcome to Hysteria" zur aufarbeitenden Diskussion darüber anregen, wo und wie dies auch in der Corona-Zeit passiert ist – wo wir als Gesellschaft in der Bekämpfung der Krise ggf. zu weit gegangen sind und was wir daraus für die Zukunft lernen können. In der Tradition von Klassikern wie „Die Welle" warnt das Theaterstück eindrücklich vor dem Erstarken von Autoritarismus und Extremismus.

Welcome to Hysteria

von Sonni Maier

HALLO WACH!

1. Auflage 2024

hallo!wach verlag

Träger: Künstler für Gerechtigkeit e.V., Witten

Umschlaggestaltung und Satz: jungepartner
Umschlagfoto: Suat Kaya
Scriptmentoring: Jessica Jahning
Herstellung: BoD - Books on Demand, Norderstedt

Die Deutsche Nationalbibliothek verzeichnet diese Publikation in der Deutschen Nationalbibliografie; detaillierte bibliografische Daten sind im Internet über dnb.dnb.de abrufbar.

Printed in Germany

ISBN 978-3-9826346-0-9

www.sonni-maier.de
www.hallo-wach-verlag.de

Kapitelübersicht

01. Prolog 13

02. Nachrichten aus der Kälte 1 21

03. Erste Pause 22

04. Nachrichten aus der Kälte 2 31

05. Zweite Pause 33

06. Nachrichten aus der Kälte 3 44

07. Dritte Pause 46

08. Nachrichten aus der Kälte 4 58

09. Vierte Pause 60

10. Nachrichten aus der Kälte 5 75

11. Fünfte Pause 77

12. Werbespot 86

13. Sechste Pause 88

14. Nachrichten aus der Kälte 6 102

15. Siebte Pause 104

16. Nachrichten aus der Kälte 7 113

17. Achte Pause 115

18. Nachrichten aus der Kälte 8 131

19. Letzte Pause 133

20. Nachrichten aus der Kälte 9 144

21. Epilog 145

Nachwort der Autorin 147

Anhang zu Szene 18 151

Hauptrollen

LEONIE Die heimliche Chefin der Klasse. Hübsch, intelligent, sozial engagiert, dominant. Sie ist in der Lage, die Meinung der Klasse zu lenken. Hat ihre eigene ergebene Fancrowd, vor allem bestehend aus Letizia, Orkan und Denise.

LETIZIA Die 150%ige. Will durch Leistung und angepasstes Verhalten akzeptiert werden. Leonies Sprachrohr und rechte Hand. Sie wäre gerne auch Leonies beste Freundin, ihre Versuche haben aber immer etwas tendenziell anbiederndes und unterwürfiges.

ORKAN Der Macho. Fußballer, braungebrannt, können diese Augen lügen? Schwarm aller Mädchen. Das nutzt er durchaus auch aus. Mit Denise ist es ihm diesmal aber wirklich ernst – es glaubt ihm nur keiner.

DENISE Die Diva. Jedes ihrer Gefühle hat theatralischen Ausschlag und maximale Breitenwirkung. Derzeit leidet sie offensiv an Orkans gefühlter Untreue. Wenn man es sich nicht mit ihr verscherzt (was schnell passieren kann), ist sie aber eine treue, warmherzige Freundin.

JUSTIN Der Schläger. Schlechtes Elternhaus, schnell beleidigt, aufbrausend. Löst seine Probleme mit Gewalt, weswegen die anderen immer etwas Angst vor ihm haben. Schämt sich für sein weiches Herz. Er wäre so gerne anders, findet aber keinen Ausweg.

ASSI Der Klassenclown. Sympathischer Nichtsnutz, tiefenentspannt, immer einen ironischen Kommentar auf den Lippen. Kiffer.

BEN Der Unangepasste. Ein trotziger Nein-Sager, immer misstrauisch gegenüber Trends, Hypes und den selbsternannten „Guten". Grunge-T-Shirt, Wuschelkopf. Wenn er es darauf anlegen würde, könnte er als sexy Rebell durchgehen.

STANISLAV Der Nerd. Immer am Computer, leicht autistische Züge, wenig Sozialkompetenz. Irgendwie weird – seltsame Hobbys, obskurer Humor. Niemand will mit ihm zu tun haben, aus Angst, dass das abfärbt.

TUGCE Die Mama. Sie ist die gute Seele der Klasse, warmherzig, vermittelt in Konflikten und hat immer ein offenes Ohr. Manchmal vielleicht zu weichherzig, lässt sich leicht ausnutzen.

FRANZISKA Die Unsichtbare. Ein stilles Mädchen, Brille, scheu. Weder besonders gut noch besonders schlecht in der Schule, weder hübsch noch hässlich. Wird immer übersehen. Sie selbst übersieht allerdings nichts, und zieht ihre eigenen Schlüsse.

Weitere Rollen

STEFANIE TV-Moderatorin. Fönwelle, strahlendes Lächeln, unbedingter Karrierewille.

WERNER TV-Moderator. Bis zur Schmerzgrenze gut gelaunt.

JULIEN TV-Moderator. Findet sich selbst einfach zu geil.

LEHRERIN Sorgt sich so sehr um das Wohlergehen ihrer Schützlinge. Oder?

HAUSMEISTER Ein gemütlicher Typ, durch nichts aus der Ruhe zu bringen. Blaumann, Mütze. Gerne mit Dialekt.

RILKEN Klimatologe. Smarter, dynamischer TV-Experte.

LEISERBERG Deutscher Klima-Minister. Dröge, staatstragend, pflichtbewusst. Hardliner.

3 PROMIS Gesichter einer großen Werbekampagne.

SPRECHER

Bevor ihr durchstartet!

Wie verdient eine Theaterautorin eigentlich ihren Lebensunterhalt?

Einfache Frage – einfache Antwort: Durch die sogenannten „Tantiemen".

Ein Buch oder ein Theaterstück zu schreiben bedeutet erstmal viel lange unbezahlte Arbeit. Bei „Welcome to Hysteria" waren das ganze 9 Monate.

Tantiemen bedeutet: Wer das fertige Theaterstück jetzt vor Publikum aufführen will, meldet die Aufführung vorher bei www.hallo-wach-verlag.de an.

90% eurer Einnahmen aus dem Ticketverkauf dürft ihr dann behalten, 10% erhält die Autorin für ihre Arbeit. Bei Aufführungen ohne Eintrittspreis sind die Tantiemen ein niedriger Pauschalbetrag.

Nur durch Tantiemen können weiterhin engagierte, packende Theaterstücke entstehen!

Deshalb sei fair – melde deine Aufführung an!

01. Prolog

Vor der Bühne ist ein Mikrofon aufgebaut. FRANZISKA fährt im Rollstuhl ans Mikrofon, scheu und sehr nervös. Spot auf sie.

1 **FRANZISKA** Sehr geehrte Damen und Herren, sehr geehrter Herr Richter. *(Räuspert sich nervös)* Entschuldigung. Das ist mein erstes Mal, so vor Gericht, und es sind so viele Leute hier ... Meine Zeugenaussage muss wann ...? Jetzt? Okay. Also.

2 Ich meine, was passiert ist, das wissen Sie ja alle längst. Sie haben es in den Zeitungen gelesen und in den Nachrichten gehört, und, ja, natürlich haben Sie das Video gesehen, das berühmte Video. Ich meine, wer nicht? 30 Millionen Views. Natürlich waren Sie schockiert darüber, das waren alle, aber haben Sie auch gesehen, dass es fast 9 Millionen Likes bekommen hat? Vielleicht haben Sie es ja sogar selbst geliket. Also ja, das sind wir, auf dem Video, meine Klasse und ich.

3 Alle fragen mich: Wie konnte es dazu kommen? Zu so etwas Schrecklichem? Aber die Geschichte fängt ja nicht mit dem Video an. Sondern viel früher. Es gibt Gründe, warum es soweit kommen konnte. Ich möchte Ihnen unsere Geschichte erzählen. Die ganze Geschichte, von Anfang an.

4 Wissen Sie, ich habe eine Art geheime Superpower: Ich bin unsichtbar. Das weiß ich, seit –

Sie wird jäh von DENISE unterbrochen, die wutentbrannt auf die Bühne stürmt. Licht an auf der Bühne: Ein Pausenraum, der offenbar früher ein Klassenzimmer war. Schlampig angeordnet ein paar Schulbänke und Stühle, einige alte Lernplakate und Starposter an den Wänden. Ein großes Fenster, darunter ein Heizkörper.

5 **DENISE** *(theatralisch)* Dieses entsetzliche Mega-Arschloch! Dieser furchtbare, widerliche, unsensible, barbarische Scheißkerl! Wieso tut er mir das an!

6 **FRANZISKA** Ich sollte Ihnen von meiner Klasse erzählen.

Im Folgenden entsteht ein Wechsel zwischen FRANZISKAs erklärenden Worten am Mikrofon (vor der Bühne) und dem Geschehen im Pausenraum (auf der Bühne). Wenn FRANZISKA spricht, frieren die Figuren auf der Bühne ein. Auftritt ORKAN.

7 **ORKAN** Baby, was ist denn jetzt wieder?

8 **DENISE** Du zerstörst mein Leben!

9 **ORKAN** Was habe ich denn gemacht?

10 **FRANZISKA** Das sind Denise und Orkan. Unsere persönliche Klassen-Soap. Keine Ahnung, wie oft sich die beiden schon getrennt und wieder versöhnt haben. Man weiß aber nie so genau, wer von beiden diesmal gerade schuld ist.

11 **DENISE** Tu nicht so! Ich habs genau gesehen!

12 **ORKAN** Alter, was will sie?!

Auftritt TUGCE.

13 **DENISE** Tugce! *(Sie flüchtet sich zu ihr.)*

14 **FRANZISKA** Tugce. Die Seele der Klasse. Hat immer ein offenes Ohr. Ich weiß nicht, was wir ohne sie täten.

15 **TUGCE** Hey hey Kleines, was ist denn los? Komm mal zu Mama. Wir setzen uns jetzt in Ruhe in die Ecke und du erzählst mir alles.

16 **ORKAN** *(ruft ihr hinterher)* Ich hab überhaupt nichts gemacht, Mann!

17 **DENISE** Wäre ich dir doch nie begegnet!

18 **TUGCE** Ganz ruhig.

Auftritt ASSI, reläxt, mit funky Sonnenbrille.

19 **ASSI** Tach Servus Gruezi und Hallo! - Hoho, was geht denn hier ab?

20 **FRANZISKA** Das ist Assi. Wie Assi richtig heißt, weiß inzwischen niemand mehr. Wahrscheinlich nicht mal die Lehrer. Sie haben anscheinend eine Art Deal mit ihm: Er stört sie nicht beim Unterrichten, und sie ihn nicht beim Pennen.

21 **ORKAN** *(zu Assi)* Alter, ich check die Frau nicht. Was hat sie denn jetzt schon wieder?

22 **ASSI** Bro, Bro ... ist doch ganz einfach. Gerade im Flur, wievielen Mädels bist du da begegnet?

23 **ORKAN** Keine Ahnung Mann ... Lea, Aynur, Kim, Hannah ... die Blonde aus der 9b ...

24 **ASSI** Und nach wievielen davon hast du dich umgedreht?

25 **ORKAN** Äh ...?

26 **ASSI** Ich frags andersum, Digger: Nach wievielen hast du dich NICHT umgedreht?

27 **ORKAN** Ich bin ein Mann, was erwartest du?

28 **DENISE** *(heulend aus der Ecke)* Du bist ein abscheulicher Mistkerl und ich hasse dich!

29 **ORKAN** Denise, Babylein, ich –

Auftritt LETIZIA, voll im Businessmodus, mit einem zusammengerollten Plakat unterm Arm; klatscht energisch in die Hände.

30 **LETIZIA** Guten Morgen ihr Hübschen! Noch 10 Minuten bis Unterrichtsbeginn! Habt ihr alle eure Texte für das große Lernplakat?

31 **ASSI** Oh shit ...

32 **LETIZIA** Assi, das darf doch nicht wahr sein!

33 **FRANZISKA** Das ist Letizia. Sie ist Klassenbeste, schon im-

mer gewesen. Letztes Jahr hatte sie sogar einen Schnitt von 1,0 und hat dafür eine Auszeichnung vom Rektor bekommen.

34 **ASSI** Mann, sorry … was sollte ich nochmal …?

35 **LETIZIA** Du hattest die Gestapo! Ohne Gestapo sind wir nichts!

36 **ASSI** Ah ja … sorry, hat mein Hund gefressen.

Alle anderen kramen in ihren Schultaschen und reichen ihr einzelne beschriebene oder gezeichnete Blätter. LETIZIA entrollt ihr selbstgemaltes Lernplakat auf einem Tisch und beginnt, die Einzelblätter aufzukleben.

37 **LETIZIA** Wir können nicht im Ernst ein Faschismus-Plakat ohne Gestapo abgeben. … Also, wer hat die Gleichschaltung der Gesellschaft? Danke. … Widerstand, hier fehlt noch der Widerstand! … Wo ist die Staatsgewalt?

Auftritt JUSTIN. Eine Erscheinung. Er bleibt im Türrahmen stehen, alle verstummen.

38 **FRANZISKA** Ah, da kommt Justin. Vor dem haben alle Respekt. Seit dem Vorfall letzten Sommer mit diesem Dealertypen aus dem Stadtpark. Zwei gebrochene Rippen, Nase kaputt, Nierenquetschung. Also, der Typ, nicht Justin. Man sagt, es sei eine Eisenstange im Spiel gewesen.

Alle beobachten immer noch gebannt JUSTIN, der nun aufreizend langsam zu einem Tisch geht und seine Schultasche darauf ablegt. Die Blicke bemerkend, hält er inne und blickt herausfordernd in die Runde.

39 **JUSTIN** Problem?

Alle schütteln hastig den Kopf, „Nein nein".

40 **JUSTIN** Dann glotzt nicht so.

Alle widmen sich schleunigst wieder ihren bisherigen Tätigkeiten. Nur TUGCE erhebt sich von ihrem Platz und schlendert unauffällig zu ihm.

41 **TUGCE** *(flüstert)* Hier, dein Text über die Staatsgewalt im Faschismus.

42 **JUSTIN** Danke, Tugce.

43 **TUGCE** Kein Problem, mache ich gerne.

TUGCE wendet sich zum Gehen, aber JUSTIN hält sie zurück.

44 **JUSTIN** Ich meine es ehrlich: Ich wüsste nicht, was ich ohne dich -

45 **TUGCE** *(zwinkert ihm verschwörerisch zu)* Ich meine es auch ehrlich: Immer wieder gerne. - Schreib ihn ab, er muss in deiner Handschrift sein.

Auftritt STANISLAV, voll nerdiger Aufgedrehtheit, was Augenrollen bei den Anderen hervorruft.

46 **STANISLAV** Tatü tata, die Post ist da! Ach ja – live long and prosper, may the force be with you und so weiter und so weiter! Hier kommt sie ... *(er kramt umständlich in seiner Tasche und reicht Letizia seinen Text)* ... die „Opposition im Exil"! Mein Beitrag zur, sozusagen, Komplettierung unseres own personal Faschismus, hehe. Man beachte meinen Titel: „The truth is out there!" - Kleines Wortspiel, kapiert? Kapiert?

47 **FRANZISKA** Oh, ja, das ist Stanislav. Stanislav ist – Stanislav.

48 **LETIZIA** *(frostig)* Der kommt sehr spät.

49 **STANISLAV** Was, äh, zu 99,8% der Wahrheit entspricht. Zugegebenermaßen. ABER aus höchst triftigem Grund: Denn bei meiner Recherche sprang sie mich plötzlich an – die Konformitätstheorie von Strauss und

Howe! Be-zwing-end, wie sie das Phänomen Faschismus erklärt! War euch zum Beispiel bewusst, dass dieser eine prozentuale Komponente hat? Die statistischen Proportionen sind signifikant -

50 **ORKAN** Verpiss dich, Stanni.

51 **STANISLAV** Oki-doki. *(Plötzlich fällt ihm noch etwas ein:)* Orkan! Ich hab hier was für dich. Du kennst doch die Blonde aus der 9b, ja? Hier, von ihr für dich. Sieht aus wie eine Telefonnummer.

52 **ORKAN** Oh, hey -

53 **DENISE** *(heult aus der Ecke)* Ich mach Schluss mit dir!

54 **JUSTIN** *(haut plötzlich mit der Faust auf den Tisch)* RUHE! Kann man hier nicht EINE Minute in Ruhe arbeiten?

Auftritt LEONIE. Sofort ändert sich die Stimmung – sie ist wie ein strahlender Magnet, der alle Aufmerksamkeit auf sich zieht.

55 **LEONIE** Guten Morgen zusammen.

56 **ORKAN** Leonie!

57 **JUSTIN** Guten Morgen Leonie!

58 **LETIZIA** Leonie, hier schau mal, unser Faschismus-Plakat! Hab ich bis Mitternacht daran gesessen.

59 **DENISE** Leonie Schatz, setz dich zu mir, ich erzähle dir was Un-fass-bares!

60 **FRANZISKA** Das ist Leonie. Sie ist unglaublich. Hübsch, intelligent, sie hat alles. Die wahre Königin der Klasse.

61 **LEONIE** *(lacht)* Hey Leute, lasst mich doch erst mal ankommen. Schön euch zu sehen!

62 **DENISE** Oh bitte bitte, setz dich zu mir!

63 **LETIZIA** Es ist richtig gut geworden und fast fertig!

64 **LEONIE** *(dirigiert die anderen mit herzlicher, unwiderstehlicher natürlicher Souveränität)* Das freut mich. Dann

stell du doch mit Orkan und Tugce das Plakat fertig; Justin, du bist ja noch beschäftigt; und Denise, mit dir setze ich mich jetzt fünf Minuten hin und danach helfen wir den anderen, okay?

65 **DENISE** Oh jaaa!

66 **LETIZIA** *(jubiliert eifrig)* Wir sind gleich fertig! *(Scharf zu Assi:)* Und du machst jetzt sofort die Gestapo.

67 **ASSI** Zu Befehl! *(Salutiert ironisch und setzt sich, um seinen Text zu schreiben.)*

Die Klasse sortiert sich. ASSI und JUSTIN schreiben ihre Texte, DENISE und LEONIE unterhalten sich lautlos angeregt, STANISLAV sitzt in einer Ecke mit seinem Tablet, und LETIZIA, ORKAN und TUGCE diskutieren, über das Plakat gebeugt, lautlos die aufgeklebten Blätter.

68 **FRANZISKA** Das ist also unsere Klasse. Und das ist unser Pausenraum. Er war mal unser Klassenzimmer, aber seit die Stunden alle in speziellen Fachräumen stattfinden, nutzen wir ihn nur noch in den Pausen. – Fehlt noch jemand? Achja – ich. Ich, ich bin Franziska. Wie gesagt, ich habe ein Geheimnis. Eine geheime Superpower. Ich bin unsichtbar. Glauben Sie mir nicht? Warten Sie, ich beweise es Ihnen.

FRANZISKA nimmt das Mikrofon in die Hand, steigt aus ihrem Rollstuhl und auf die Bühne, in den Pausenraum. Dort geht das Leben inzwischen (lautlos) weiter. FRANZISKA nähert sich DENISE und LEONIE, die in einem angeregten lautlosen Gespräch sind.

69 **FRANZISKA** *(ohne Mikro; räuspert sich schüchtern)* Hallo.

DENISE und LEONIE ignorieren sie.

70 **FRANZISKA** *(übers Mikro, als Erzählerin zum Publikum)* Sehen Sie? Oder hier …

Sie geht zu STANISLAV, der in der Ecke sitzt, ganz in sein Tablet vertieft. Sie wedelt mit der Hand vor seinem Gesicht herum, er ist aber zu konzentriert, um es zu merken.

71 **FRANZISKA** *(übers Mikro)* Oder so ...

Sie stellt sich in die Mitte der Klasse, zwischen die verschiedenen Parteien, die alle mit sich selbst beschäftigt sind.

72 **FRANZISKA** *(ohne Mikro; räuspert sich erneut)* Manchmal weiß ich gar nicht, ob ich überhaupt noch Lust auf mein Leben habe.

Sie sieht in die Runde, doch keiner reagiert. Keiner scheint es gehört zu haben. Hilflos lächelnd zuckt sie die Achseln und steigt von der Bühne, zurück in ihren Rollstuhl.

73 **FRANZISKA** Wie ich sagte: Ich bin unsichtbar. Aber hey, ich habe mich daran gewöhnt. Es ist eigentlich gar nicht so schlecht. Man kann die Anderen beobachten und wird selbst in Ruhe gelassen. – Also, das ist jedenfalls meine Klasse. Nun wird es Zeit, dass ich Ihnen unsere Geschichte erzähle. Die Geschichte von dem Tag, der unser Leben verändert hat. Und *(sie weist auf den Rollstuhl)* auch meins. Dies ist meine Aussage.

FRANZISKA klatscht in die Hände. Black. Titelmusik.

02. Nachrichten aus der Kälte 1

Video- oder Audioeinspielung: Eine Fernsehsendung, wie Frühstücksfernsehen, mit dem gut gelaunten Moderationsduo WERNER und STEFANIE. Jingle.

74 **WERNER** Guten Morgen Deutschland, und willkommen bei VTV Voll eingeschenkt, Ihrem Frühstücksfernsehen mit Herz! Es ist ganz schön kalt geworden, Stefanie, oder liegt das nur an meinem dünnen Gucci-Hemd?

75 **STEFANIE** Ganz und gar nicht, Werner! Dieser 25. November beginnt deutschlandweit frostig. Die Temperaturen sind seit gestern erneut um 2 Grad gefallen. Uns steht ein klirrender Wintertag bevor.

76 **WERNER** Also schlechte Aussichten für Frostbeulen wie mich, nicht wahr, Stefanie?

77 **STEFANIE** Absolut, Werner! Und es kommt noch kälter: Unsere Wetterabteilung meldet eine riesige Kaltfront, ausgehend von diesem Tiefdruckgebiet hier im nördlichen Sibirien! Metereologen nennen sie die „Sibirische Peitsche".

78 **WERNER** Uh, Peitsche!

79 **STEFANIE** Uns erwartet also eine Kältewelle mit satten Minustemperaturen, vielleicht sogar im Rekordbereich.

80 **WERNER** Die Spitze des, haha, Eisbergs ist also noch nicht erreicht, nicht wahr, Stefanie?

81 **STEFANIE** Hahaha, ganz und gar nicht, Werner!

Abschluss-Jingle.

03. Erste Pause

Pausenklingel. Licht an auf der Bühne. Die Tür öffnet sich, und die Schülerinnen und Schüler strömen in den Pausenraum, vorneweg LETIZIA und ASSI. Danach TUGCE, STANISLAV, ORKAN und JUSTIN; sie setzen sich in verschiedene Ecken des Pausenraums, chillen, spielen am Smartphone oder beschäftigen sich mit Hausaufgaben. Als letztes die unsichtbare FRANZISKA, damals noch nicht im Rollstuhl. Sie wird von der zufallenden Tür eingeklemmt und befreit sich mühsam.

82 **LETIZIA** Es war die Gestapo! Ich habe es von Anfang an gesagt: Faschismus ohne Gestapo funktioniert einfach nicht!

83 **ASSI** Jetzt chill mal, Letizia.

84 **LETIZIA** Genug gechillt, Assi! Du wusstest seit 2 Wochen, dass das Plakat heute fällig ist. Und jetzt haben wir den Salat!

LETIZIA entrollt das Plakat auf dem Tisch und setzt sich direkt wieder daran, überklebt die aufgeklebten Texte mit weißem Papier. FRANZISKA will ihr Eddings anreichen, aber LETIZIA bekommt das gar nicht mit.

85 **ASSI** Was willst du? Immerhin haben wir eine 3+.

86 **LETIZIA** Dein Ernst, das reicht dir? Bin ich hier die Einzige, der Noten nicht egal sind? Bin ich die Einzige, die sich wirklich anstrengt?

STANISLAV springt begeistert auf und drängt sich zwischen die beiden. Wie es so seine Art ist, beginnt er direkt zusammenhanglos draufzuquatschen.

87 **STANISLAV** Bemerkenswert! Wusstest du, dass Strauss und Howe das in der Konformitätstheorie genau so pos-

tulieren? Sie schreiben das natürlich in einem völlig anderen Kontext, aber auch bei ihnen ist es so, dass maximal 30% der -

88 **ASSI** Verpiss dich, Stanislav.

89 **STANISLAV** Oki-doki.

90 **ASSI** *(wieder zu Letizia)* Es lag doch nicht nur an mir.

91 **LETIZIA** Eben! Niemand hat sich richtig Mühe gegeben! Außer mir. Bis Mitternacht sitze ich an diesem blöden Plakat, und jetzt muss ich mir so etwas anhören!

TUGCE steht von ihrem Platz auf und kommt zu LETIZIA, um zu vermitteln.

92 **TUGCE** Der Spruch von Frau Rentschler hat dich wirklich getroffen, was?

93 **LETIZIA** *(imitiert ihre Lehrerin)* „Ihr habt keine Ahnung, wie es im Faschismus zuging! Und das merkt man diesem Plakat auch an!" Was denkt sie, wie alt wir sind? Achtzig?

94 **TUGCE** Ich fand das auch unfair. Aber immerhin haben wir doch eine zweite Chance.

95 **LETIZIA** Ja. Neu machen. Das ganze Plakat!

96 **TUGCE** Und wir haben Zeit bis Weihnachten, also fast einen Monat.

97 **LETIZIA** *(schmollend)* Nächstes Mal mache ich alles alleine, dann wird es wenigstens was.

98 **ASSI** *(freut sich)* DEAL!

99 **LETIZIA** Das würde dir so passen, du -

Die LEHRERIN Frau Rentschler betritt mit BEN den Raum.

100 **LEHRERIN** Guten Morgen Klasse.

101 **ALLE** Guten Morgen Frau Rentschler.

102 **LEHRERIN** Ich muss euch kurz in eurer wohlverdienten Pause stören. - Meine Güte, wie sieht es denn hier aus. Das ist euer Pausenraum, ihr solltet wirklich mehr auf Ordnung achten. *(Zustimmendes Gemurmel.)* Ich möchte euch einen neuen Mitschüler vorstellen. Das ist Ben.

103 **ALLE** Hi Ben. / Hallo. / Hi.

104 **LEHRERIN** Ben ist neu hierhergezogen, zu seinen, äh -

105 **BEN** Großeltern.

106 **LEHRERIN** Richtig. *(Vor Mitgefühl triefend:)* Ben hat Schweres durchgemacht, und ich möchte, dass ihr ihn ganz besonders herzlich in eure Klassengemeinschaft aufnehmt. Ihr könnt euch bestimmt denken: Wenn einem Menschen unerwartet etwas Schlimmes zustößt, ist es wichtig, ihn niemals dazu zu drängen, über traumatisierende Erlebnisse zu sprechen, und am allerwichtigsten -

107 **BEN** Reicht.

108 **LEHRERIN** Wie bitte?

109 **BEN** *(ruhig)* Danke. Aber ich bin kein Opfer.

110 **LEHRERIN** Oh, das wollte ich auch gar nicht – also, ich wollte nur –

111 **BEN** *(ignoriert sie, herausfordernd zur Klasse)* Also, damit eins gleich mal klar ist: Mein Vater hat sich umgebracht, danach war ich zwei Monate in der Klapse. Und jetzt bin ich hier. Alles klar?

112 **LEHRERIN** *(pikiert)* Na, dann ist ja alles gesagt. Dann sehen wir uns in zehn Minuten zur nächsten Stunde - bitte denkt daran, diesmal in Raum A23.

Die LEHRERIN verlässt das Zimmer. Für einen Moment steht ein etwas verlegenes Schweigen im Raum. ASSI bricht es auf und springt auf BEN zu; die Anderen beschäftigen sich wieder mit sich selbst.

113 **ASSI** Ben, Bro! Wir sind in einer Klasse, wie geil ist das denn!

114 **BEN** *(herzlich)* Assi! Mann, schön, dich wiederzusehen!

115 **ASSI** Mensch, wie lang ist das her, dass ihr damals weggezogen seid? Bestimmt zwei Jahre! Und jetzt bist du wieder hier.

116 **BEN** Tja. Wär trotzdem schöner, wenn nicht.

117 **ASSI** Das mit deinem Vater, mann, das tut mir echt leid. Er war'n guter Mensch.

118 **BEN** Danke. - Und, machst du noch Battles?

119 **ASSI** Rappen? Klar mann, Freestyle for life! Ist aber nicht mehr das Gleiche ohne dich.

120 **BEN** Geht mir auch so.

121 **LETIZIA** *(ruft)* Assi! Die Arbeit ruft!

122 **ASSI** *(in Richtung Letizia)* Sag ihr, ich ruf zurück!

123 **LETIZIA** Mann!

124 **BEN** *(grinst)* Du bist immer noch ganz der Alte.

125 **ASSI** Bro, genau so soll es auch sein. Veränderung ist nur Stress. Locker bleiben.

DENISE stürmt aufgebracht in den Raum und baut sich vor ORKAN auf.

126 **DENISE** Da bist du ja! Wo warst du?

127 **ORKAN** Äh, hier?

128 **DENISE** Du solltest doch auf mich warten! Ich habe dir doch gesagt, ich bin nur schnell mit meinen Freundinnen auf dem Klo!

129 **ORKAN** Schnell? Baby, ich hab 20 Minuten gewartet!

130 **DENISE** Du bist ein so erbärmlicher Egoist! Du kümmerst dich nur um dich selbst! Aber niemals um mich! Tuuuugce ...

131 **LETIZIA** Jetzt nicht, Denise, wir arbeiten.

132 **DENISE** Ich krieg die Krise!!

133 **ASSI** Schon wieder?

134 **DENISE** Niemand hier interessiert sich für mich. Meine Gefühle sind euch egal!

135 **FRANZISKA** Ich kann dir zuhören, wenn du magst.

136 **DENISE** *(ignoriert sie)* Ich bin euch egal. *(Entdeckt Ben)* Huch, und wer ist das?

137 **BEN** „Das" ist Ben. Und du bist ... der Mittelpunkt der Welt?

138 **DENISE** *(beleidigt)* Wie bitte?

139 **TUGCE** *(greift schnell vermittelnd ein)* Hallo Ben, das ist Denise, und ich bin Tugce. Soll ich dich mal rumführen?

Auftritt LEONIE. Ihre Fancrowd springt natürlich sofort auf sie zu.

140 **LETIZIA** Leonie!

141 **DENISE** Oh, Leonie, wie gut, dass du kommst!

142 **FRANZISKA** Hallo Leonie!

143 **BEN** Ach nein, DAS ist der Mittelpunkt der Welt.

144 **LEONIE** Hallo, du bist bestimmt Ben. Frau Rentschler hat mir schon von dir erzählt. Ich bin Leonie.

145 **DENISE** Leonie hat ihren eigenen Youtube-Kanal.

146 **LETIZIA** 200.000 Follower!

147 **BEN** Muss man den kennen?

148 **LEONIE** Nur Frauenkram, du hast nichts verpasst. Schminktipps, Backrezepte, nichts Weltbewegendes.

149 **LETIZIA** Oh Leonie, das stimmt doch gar nicht. Der Kanal ist hochprofessionell gemacht.

150 **DENISE** Und total interessant!

151 **LEONIE** *(lacht)* Seid ihr meine PR-Abteilung?

152 **FRANZISKA** Also, ich finde den auch gut. Und ich lese gerne die Kommentare. Das ist inzwischen eine richtige Community, die „Leoniten". *(Sie wartet auf eine Reaktion, aber niemand beachtet sie.)*

153 **LETIZIA** *(zu Leonie)* Naja, wir wollen dich gar nicht länger stören, du willst dich bestimmt ausruhen. Und wir haben noch ein Plakat zu korrigieren!

LETIZIA schnappt sich DENISE, TUGCE und ASSI; zum Tisch mit dem Plakat, wo sie sich damit beschäftigen.

154 **BEN** Also, jetzt nochmal im Ernst: Muss ich den kennen?

155 **LEONIE** Ich meine es auch ernst: Der Kanal macht Spaß, aber es ist alles nur nett und eigentlich ziemlich belanglos. Leider. Ich würde viel lieber einen Unterschied in der Gesellschaft machen, du weißt schon – etwas, was wirklich zählt.

156 **BEN** Die Welt verbessern?

157 **LEONIE** Ja, warum nicht.

158 **FRANZISKA** Kommt vielleicht noch!

159 **BEN** Das geht meistens schief.

BEN lässt sie stehen und setzt sich in eine Ecke. Zieht ein Comicbuch aus seinem Rucksack und beginnt zu lesen. Sofort kommt STANISLAV zu ihm.

160 **STANISLAV** *(röchelnd, mit dramatisch erhobenem Arm)* „Soylent Green ist Menschenfleisch!!"

161 **BEN** *(irritiert)* Was?

162 **STANISLAV** *(wiederholt es genau so, als ob Ben schwerhörig wäre)* „Soylent Green ist Menschenfleisch!!" *(Als er Bens verständnisloses Gesicht sieht:)* Na, Soylent

Green. Dein Comic. Die berühmte letzte Zeile, die Auflösung?

163 **BEN** Du hast mir jetzt nicht im Ernst das komplette Buch gespoilert?

164 **STANISLAV** Oh. *(Setzt sich ungelenk zu ihm)* Ja, ja, Wissen ist manchmal eine Bürde. Aber ist Nichtwissen wirklich eine Alternative? Das klassische Rote-Pille-Blaue-Pille-Dilemma. *(Mit verstellter Stimme:)* „Ich habe nicht gesagt, dass es einfach ist, Neo. Ich habe nur gesagt, dass es die Wahrheit ist." Ah, Matrix! Klassiker! Kennst du eigentlich die Konformitätstheorie von Strauss und Howe?

165 **ASSI** *(ruft ihm zu)* Du musst „Verpiss dich, Stanislav" sagen, sonst wirst du ihn nie los!

166 **BEN** *(grinsend)* Verpiss dich, Assi.

167 **ASSI** *(imitiert lachend Stanislav:)* Oki-doki …

168 **BEN** Also, wie lautet die … Strauss'sche …?

169 **STANISLAV** *(glücklich, dass wirklich jemand hören will, was er zu sagen hat)* … Konformitätstheorie? Also, um ehrlich zu sein, habe ich sie selbst so getauft, bei Strauss und Howe hat sie keinen eigenen Namen. Es geht darum, wenn sich die gesellschaftliche Stimmung ändert, also zum Beispiel wenn Faschisten an die Macht kommen, ja? Strauss und Howe sagen, dann springen nicht alle Menschen gleichermaßen auf den neuen Zug auf, ja? 30 Prozent der Gesellschaft sind die Trendsetzer, die treiben die neue Stimmung voran, und 50 Prozent sind einfach Mitläufer und folgen den Trendsetzern.

170 **BEN** Und die restlichen 20 Prozent?

171 **STANISLAV** *(flüstert verschwörerisch)* Die gehen in die Rebellion!

Auftritt JUSTIN, offensichtlich von draußen.

172 **JUSTIN** Meine Fresse, ist das kalt draußen! *(Drohend, weil*

alle verstummt sind:) Oder?

173 **ORKAN** *(schnell)* Digger, klar, hammerkalt!

174 **STANISLAV** *(abschließend zu Ben)* Also, falls du irgendwann mal jemanden für eine Rebellion brauchst - du weißt, wo du mich findest.

Nach einem Blick auf die Uhr nimmt STANISLAV seinen Rucksack und geht ab.

175 **LEONIE** In den Nachrichten haben sie gesagt, es kommt eine Kältewelle.

176 **FRANZISKA** Das kann ich gerade mal nachschauen! *(Zückt ihr Smartphone)*

177 **ASSI** Vorsicht, der Russe knallt seine Sibirische Peitsche! Ra-zzzuuuummmm!

178 **ORKAN** Aaaah, ich bin getroffen, argh!! *(Simuliert lachend eine tödliche Verletzung)*

179 **FRANZISKA** „Temperatur den vierten Tag in Folge um 2 Grad gefallen"

180 **DENISE** *(besorgt)* Kommt das vielleicht vom Klimawandel?

181 **ASSI** Bestimmt! Und in 3000 Jahren finden sie dann unsere gefrorenen Leichen und drehen „Die Rache der Eismumien".

182 **ORKAN** Ja, wie Ötzi, Mann!

183 **ASSI** Oder wie wär's mit „Harry Schlotter"?

184 **DENISE** Aber im Fernsehen haben sie gesagt, es könnte sehr schlimm werden.

185 **FRANZISKA** „Kälte-Schock: Kommt dieses Weihnachten eiskalt?"

186 **LETIZIA** Immerhin haben die Medien Experten.

BEN steht auf, alle schauen ihn erwartungsvoll an. Will er zum ersten Mal öffentlich etwas sagen? Er nimmt sich jedoch nur seinen Rucksack. Als er merkt, dass alle ihn anschauen, sagt er dann aber doch was:

187 **BEN** Oder aber sie machen mal wieder übertrieben Panik. Je krasser die Schlagzeile, desto mehr Leute schalten ein. War doch schon immer so.

188 **LEONIE** Ja, das stimmt.

189 **ASSI** Digger, so isses!

190 **JUSTIN** Eben, wir haben Winter. Da ist Kälte normal.

Allgemeine Zustimmung. Pausenklingel. Alle packen ihre Rucksäcke etc. und gehen ab.

04. Nachrichten aus der Kälte 2

Video- oder Audioeinspielung. Eine Fernsehsendung, wie Frühstücksfernsehen, mit dem gut gelaunten Moderationsduo WERNER und STEFANIE. Jingle.

191 **WERNER** Guten Morgen Deutschland, und willkommen zurück bei VTV Voll eingeschenkt, Ihrem Frühstücksfernsehen mit Herz! Tja, heute morgen haben wir bereits wirklich schockierende Nachrichten erhalten, nicht wahr, Stefanie?

192 **STEFANIE** Absolut, Werner. Die Temperaturen fallen immer weiter. Am heutigen 1. Dezember haben wir die Null-Grad-Marke unterschritten, und noch ist kein Ende in Sicht.

193 **WERNER** Mein Gucci-Hemd bleibt also ab heute im Schrank, oder Stefanie?

194 **STEFANIE** Das will ich dir raten, Werner!

195 **WERNER** Aber Stefanie, erzähl uns von den schockierenden Nachrichten!

196 **STEFANIE** Es sind traurige und wahrhaft schockierende Nachrichten. Denn nun hat die Kältewelle ihre ersten Opfer gefordert: Klaus F. und Günther D. lebten seit 20 Jahren auf der Straße – doch diese Nacht am Seffartsberger Bahnhof hat sie ihr Leben gekostet.

197 **WERNER** Sie sind jämmerlich erfroren, nicht wahr Stefanie?

198 **STEFANIE** In der Eiseskälte der Nacht, Werner. Live zugeschaltet ist uns nun der Klimatologe und Berater des Umweltministeriums, Dr. Christian Rilken.

199 **RILKEN** Guten Morgen ins Studio.

200 **STEFANIE** Dr. Rilken, die Nachrichten heute morgen sind doch sehr beunruhigend. Wie sieht denn die Prognose der Experten aus?

201 **RILKEN** Wir stehen am Beginn einer Kältewelle ungeahnten Ausmaßes. Der Klimawandel hat Deutschland mit

voller Wucht erreicht, und die Regierung muss nun schnell reagieren. Unsere Hochrechnungen zeigen: Wenn die Temperaturen weiterhin in diesem Tempo fallen, müssen wir an Weihnachten mit minus 60 Grad rechnen.

202 **STEFANIE** Minus 60 Grad?

203 **WERNER** Minus 60 Grad?

05. Zweite Pause

Pausenklingel. Licht an auf der Bühne. Auftritt LEONIE mit ihrem Smartphone; dicht hinter ihr folgen TUGCE, DENISE, ORKAN und FRANZISKA. Offensichtlich haben sie im Flur bereits über etwas gesprochen, was LEONIE vorgelesen hat. Auch JUSTIN und STANISLAV betreten den Raum, setzen sich aber jeweils abseits und lesen allein auf Tablet / Smartphone weiter.

204 **DENISE** Minus 60 Grad?

205 **TUGCE** Das ist kälter als in der Antarktis.

206 **ORKAN** Oh shit.

207 **LEONIE** *(liest)* „Bei minus 60 Grad, in Kombination mit eisigem Wind, gefriert die Haut innerhalb weniger Minuten. Symptome: Erst Kribbeln und Taubheitsgefühl, dann je nach Schweregrad bläulich-weiße, grau-gelbe, violette, braune oder aschfahle Haut."

208 **TUGCE** Oh Gott, die armen Obdachlosen.

209 **LEONIE** *(liest)* „Die Haut wird hart oder wachsartig, wirft schließlich Blasen, wird schwarz und stirbt ab. Der Körper fährt schlagartig alle Stoffwechselvorgänge herunter. Atemnot ... "

210 **DENISE** Können wir bitte damit aufhören?

211 **LEONIE** „... Schüttelfrost, Lungenkollaps, dann multiples Organversagen und schließlich Tod."

212 **DENISE** Aufhören!

DENISE löst sich abrupt aus der Gruppe und setzt sich in eine Ecke.

213 **ORKAN** Baby, alles in Ordnung?

214 **DENISE** Lass mich!

215 **LEONIE** Krass, das ist ganz schön krass.

216 **FRANZISKA** Ja, die Nachrichten sind voll davon! *(Nimmt ihr Phone heraus und sucht nach Artikeln)*

Auftritt ASSI und BEN.

217 **ASSI** Morgen ihr Penner! Hey, was hat der Schnee da draußen mir voraus? - Er ist heute morgen liegengeblieben!

Nur Schweigen, keiner mag auf seinen Witz eingehen.

218 **ASSI** Na hier ist ja trübe Stimmung.

219 **LEONIE** Ich finde Witze jetzt unpassend.

220 **FRANZISKA** „Experten warnen vor Noch Nie Dagewesener Extremkälte: Bei minus 60 Grad droht Überlastung der Krankenhäuser"

221 **ASSI** Seid ihr alle schon steifgefroren, oder was?

222 **JUSTIN** *(brüllt)* Halt die Fresse Assi!

223 **DENISE** Das ist nicht witzig!

224 **ASSI** Jetzt bleibt doch mal cremig.

225 **DENISE** Ich bleibe garantiert nicht „cremig", du Idiot, du hast überhaupt gar keine Ahnung was hier abgeht!

226 **BEN** Hoho, ganz ruhig hier mal. Und was geht hier ab?

227 **FRANZISKA** „Schockprognose: Noch Nie Dagewesene Extremkälte könnte bis Weihnachten für 3 Millionen Tote sorgen"

228 **DENISE** Was hier abgeht ist, Menschen sterben jetzt schon an der Kälte!

229 **BEN** Ja, genau zwei, und die waren obdachlos.

230 **DENISE** Und das sind für dich etwa keine Menschen?

TUGCE setzt sich zu DENISE und redet (lautlos) beruhigend auf sie ein.

231 **BEN** Doch, klar, aber weiß man, ob die nicht vielleicht betrunken waren, oder voll mit Drogen?

232 **LEONIE** Das finde ich jetzt aber ziemlich pietätlos, Ben.

233 **BEN** Ich meine ja nur, schaut euch doch erst mal die Zusammenhänge an. Hier in Deutschland erfrieren doch in jedem Winter Obdachlose, das ist die Realität.

234 **LEONIE** Und das willst du einfach so hinnehmen?

235 **FRANZISKA** „Notfall-Klimagipfel zur Noch Nie Dagewesenen Extremkälte: Wie können wir gemeinsam die Temperatur anheben?"

236 **BEN** Was heißt hinnehmen? Das hier ist eine Kältewelle. Na und? So etwas haben wir doch in jedem Winter. Und bislang ist die Welt nicht davon untergegangen.

237 **ASSI** Ja genau, Bro.

238 **LEONIE** Das hier ist aber keine gewöhnliche Kältewelle.

239 **FRANZISKA** Das ist ja lustig. Überall der selbe Begriff.

240 **LEONIE** Das ist eine Noch Nie Dagewesene Extremkälte!

241 **FRANZISKA** *(scrollt)* Überall. Wirklich überall.

242 **LEONIE** Und wir müssen alle gemeinsam an einem Strang ziehen, um sie einzudämmen.

243 **DENISE** *(aus der Ecke)* Genau!

244 **ORKAN** Find ich auch.

245 **FRANZISKA** Aber wie?

246 **TUGCE** Aber wie?

247 **LEONIE** Offensichtlich haben noch nicht alle Menschen *(leichter Seitenhieb auf Ben)* den Ernst der Lage begriffen. Wir müssen es ihnen begreiflich machen.

248 **BEN** Leute! Draußen sind nicht minus 60 Grad, sondern minus 1!

249 **DENISE** Noch!

250 **LEONIE** Hmm ... wozu habe ich den Kanal? Wir könnten ein Video machen.

251 **ORKAN** Idee des Jahres!

252 **DENISE** Au jaaa!

253 **LEONIE** Ja, fändet ihr das gut?

254 **TUGCE** Unbedingt!

255 **LEONIE** Okay, noch 20 Minuten bis Physik. Dann drehen wir mal was Schönes.

STANISLAV, der bislang stumm in der Ecke saß, recherchierend über sein Tablet gebeugt, springt nun auf.

256 **STANISLAV** Sehr passend! Ich habe hier statistische Daten über den Winterverlauf der letzten 100 Jahre! Die könnte ich für dein Video als Präsentation aufbereiten. Es ist statistisch gesehen nämlich so -

257 **ORKAN** Verpiss dich, Stanislav.

258 **STANISLAV** Oki -

259 **LEONIE** Nein, ist doch super! Vielleicht können wir das verwenden.

260 **STANISLAV** Oh? Äh, also, ja. Draußen hat es gerade minus 1 Grad. Das ist für einen 1. Dezember durchaus nichts Ungewöhnliches, im Vergleich war die Temperatur in 16% der letzten 100 Jahre sogar noch tiefer als heute, der Minusrekord lag am 1. Dezember 1947 bei glatten minus 11 Grad, und -

261 **DENISE** *(emotional)* 1947! Und was hat das mit heute zu tun?

262 **ORKAN** Alter, aufhören!

263 **LEONIE** Woher sind denn all diese Zahlen?

264 **STANISLAV** Von Professor Erich Hocknau, Klimatologe an der Uni -

265 **LEONIE** Kenne ich nicht. *(Sie nimmt sein Tablet)* SkipperAM? Das ist doch dieser Verschwörungsblog!

266 **BEN** Na und, die Zahlen kann man doch nachprüfen?

267 **LEONIE** Diese Blogs wollen einem nur Angst machen!

268 **BEN** Wer macht denn hier wem Angst?

269 **DENISE** *(es bricht aus ihr heraus)* Ich halte das nicht mehr aus! Es geht hier um Leben oder Tod, und ihr streitet über Zahlen! Es sind echte Menschen, die hier sterben!

270 **STANISLAV** Aber -

271 **DENISE** Echte Menschen, so wie ich!

272 **LEONIE** Denise, alles in Ordnung?

273 **TUGCE** *(sanft)* Denise, vielleicht solltest du es ihnen erzählen.

274 **DENISE** Nein, nein, schon okay, entschuldigung.

275 **LEONIE** Denise?

276 **DENISE** Das interessiert euch doch sowieso nicht.

277 **ORKAN** Hey, egal was ist, auf mich kannst du zählen.

278 **DENISE** Ich bin euch doch egal.

279 **LEONIE** *(warm)* Mir bist du nicht egal, Denise.

280 **DENISE** Ehrlich?

281 **LEONIE** Ehrlich. *(Nimmt das Phone)* Darf ich dich filmen?

DENISE nickt. LEONIE übergibt an jemanden ihr Smartphone zum Filmen und stellt sich in Position.

282 **STANISLAV** Ja, aber die Daten -

283 **LEONIE** Danke für deinen Beitrag, Stanislav. Ich glaube aber, es ist besser, wenn wir uns auf echte Menschen und echte Probleme fokussieren. Läuft? Okay. - *(Für die Kamera:)* Hallo meine Lieben, und willkommen bei der LeoLounge. Heute geht es bei mir mal nicht um

MakeUp oder Mode. Sondern um Wichtigeres. Ihr habt ja bestimmt alle schon von der Noch Nie Dagewesenen Extremkälte gehört. Ich möchte euch heute Denise vorstellen. - Hallo Denise.

284 **DENISE** *(schüchtern)* Hallo.

285 **LEONIE** *(warm)* Denise, was bewegt dich in der derzeitigen Situation?

286 **DENISE** *(sehr echt)* Ich ... bin Risikopatientin. Ich habe Asthma, schon seit meiner Kindheit. Meine Lunge ist dadurch ziemlich schwach. Zugluft oder starke Kälte können echt gefährlich für mich sein. Und ich ... *(sie kämpft mit den Tränen)* habe einfach Angst ... Angst, dass ... ich möchte leben.

287 **LEONIE** Das ist ja furchtbar, Denise. Was wünschst du dir von deinen Mitmenschen?

288 **DENISE** Eigentlich nur ... ein bisschen Rücksicht. Solidarität.

289 **LEONIE** Danke, Denise, für deinen Mut. *(Sie umarmt sie vor laufender Kamera.)* - Und cut.

Die meisten anderen scharen sich um DENISE und umarmen sie ebenfalls, loben sie.

290 **TUGCE** Oh Denise. Das war so mutig von dir.

291 **ORKAN** Baby, ich bin immer bei dir.

292 **BEN** Oh Gott.

Auftritt LETIZIA. Sie trägt einen brandneuen, dick gepolsterten Ganzkörper-Schneeanzug mit gefütterter Kapuze, inkl. dicke Handschuhe und Neopren-Schal, der fast das ganze Gesicht bedeckt. Triumphierend bleibt sie im Türrahmen stehen.

293 **LETIZIA** Ta-daa!

294 **LEONIE** Letizia!

295 **BEN** What the fuck ...?

296 **ORKAN** Wow!

297 **LETIZIA** Na, wie findet ihr den?

298 **DENISE** Ein GKS! Ist das der von Dr. Rilken aus dem Fernsehen?

Mehrere aus der Klasse kommen zu LETIZIA, befühlen und bestaunen den Anzug.

299 **LETIZIA** Genau. Ist jetzt in jedem Supermarkt. Hat mich mein ganzes Taschengeld gekostet! Wenn man draußen in der Kälte ist, kühlt sonst der Körper ab, und diese Kälte bringt man dann in die Häuser und damit direkt zu den Risikopatienten. Der GKS verhindert das.

300 **ASSI** GKS?

301 **ALLE** Ganzkörper-Kälte-Schutz!

302 **DENISE** So eine tolle Sache!

303 **BEN** Ihr seid doch alle verrückt geworden.

304 **LEONIE** Letizia, du kommst direkt in mein Video.

305 **LETIZIA** Was, ich? *(glüht vor Freude)* Warte, ich ziehe schnell den Anzug -

306 **LEONIE** Nein, nein, der ist perfekt. - Und läuft. - Letizia, du bist gerade ein echtes Vorbild für mich.

307 **LETIZIA** *(platzt fast vor Stolz)* Ja wirklich? Äh, ja, also ich finde, jeder und jede kann in dieser Situation seinen oder ihren Beitrag leisten. Mit diesem Ganzkörper-Kälte-Schutz werden wir einfach unserer Verantwortung als Menschen gerecht und ich finde, jeder und jede sollte einen tragen. Also, als Zeichen von gelebter Solidarität. Gemeinsam gegen die Kälte!

308 **LEONIE** Und cut! Das war toll, Letizia. Vor allem der Slogan! Den übernehmen wir direkt!

309 **DENISE** Wir könnten doch ein Hintergrundplakat malen!

310 **LEONIE** Super Idee.

311 **FRANZISKA** Und ein Muster hineinschneiden, vielleicht eine Schneeflocke! Ich hätte dafür ein Cuttermesser!

FRANZISKA kramt es aus ihrem Rucksack und hält es LEONIE, LETIZIA, ORKAN und DENISE hin, die aber zu beschäftigt damit sind, sich Papier und Stifte zu organisieren. Wieder einmal ignoriert, steht FRANZISKA eine Zeitlang unschlüssig im Raum, dann legt sie das Messer ungelenk auf den Tisch.

312 **FRANZISKA** Ich lege es einfach hier hin, für später vielleicht, oder so.

LEONIE, LETIZIA, ORKAN und DENISE beginnen, ein Plakat zu malen, das sie anschließend an die Wand hängen. TUGCE schlendert zu JUSTIN, der die ganze Zeit in der Ecke saß und auf sein Smartphone gestarrt hat, und setzt sich zu ihm.

313 **TUGCE** Bei dir eigentlich alles in Ordnung?

314 **JUSTIN** Hau ab.

315 **TUGCE** *(warm)* Hey, Großer. Irgendwas ist doch mit dir.

316 **JUSTIN** Nichts, was soll sein.

317 **TUGCE** Komm, das kannst du mir nicht erzählen.

318 **JUSTIN** Doch.

319 **TUGCE** *(echt)* Okay, Justin, ich gebe auf. Wieso bist du immer so hart?

320 **JUSTIN** *(nun auch echt)* Tut mir leid, Tugce. Da wo ich herkomme, kommt man mit weich nun mal nicht weit.

321 **TUGCE** Mit hart aber auf die Dauer auch nicht.

322 **JUSTIN** Fuck you, weiß ich doch selber.

323 **TUGCE** *(nach einem Schweigen)* Wie geht's eigentlich deiner Mom?

324 **JUSTIN** *(sieht sich einmal kurz um, um sicherzugehen, dass niemand zuhört)* Beschissen. Hatte wieder einen Rückfall.

325 **TUGCE** Oh nein. Wieder mit demselben Zeug?

326 **JUSTIN** Ja. Von ihrem neuen Lover. Ich hasse den Kerl. Am liebsten würde ich ihn -

327 **TUGCE** Justin - bitte nicht wieder so eine Aktion wie letzten Sommer mit dem Stadtpark-Dealer, okay?

328 **JUSTIN** Verdammt, was hätte ich denn machen sollen? Das Zeug killt sie.

329 **TUGCE** Das muss anders gehen.

330 **JUSTIN** Sie ist einfach zu schwach, okay? Irgendjemand muss doch für die Schwachen da sein.

331 **TUGCE** Du hast Angst um sie.

332 **JUSTIN** Scheiße, ja.

333 **TUGCE** Angst. Ja, die geht gerade um. - Wäre das nicht was für dich? Beschützer der Schwachen.

334 **JUSTIN** Findest du?

335 **LEONIE** *(ruft)* Tugce? Wie wäre es mit dir?

TUGCE wirft JUSTIN noch einen aufmunternden Abschiedsblick zu und begibt sich dann zum „Filmset", wo LEONIE & Co. inzwischen das Hintergrundplakat aufgehängt haben.

336 **LEONIE** Und ... läuft. Bei mir ist jetzt meine Freundin Tugce. In unserer Klasse nennen wir sie liebevoll die „Klassenmama". Tugce, was ist dein Statement zu unserer Aktion?

337 **TUGCE** Puh, also, ich finde es echt wichtig, dass wir aufeinander Rücksicht nehmen. Wir müssen aber auch aufpassen - es ist gerade so viel Angst im Raum, und, also, Angst macht ja oft blind. Da müssen wir aufpassen. Und aber auch Rücksicht nehmen. Das

ist ganz wichtig.

338 **LEONIE** Und cut! Danke dir, Tugce.

339 **BEN** Das war genau richtig, Tugce!

340 **TUGCE** Findest du?

341 **LEONIE** Sonst noch jemand?

FRANZISKA meldet sich schüchtern, wird aber übersehen.

342 **LEONIE** Okay, ich glaube, wir sind durch. Leute, das wird ein tolles Video, ich nehme jetzt nur noch mein Schluss-Statement auf und dann –

343 **JUSTIN** Warte!

344 **LEONIE** Ja?

345 **JUSTIN** Ich will auch noch.

346 **LEONIE** Justin? Äh, na sicher, komm her.

JUSTIN stellt sich etwas ungelenk beim Plakat auf. Alle schauen gespannt auf ihn.

347 **LEONIE** Okay, und läuft.

348 **JUSTIN** Also. Hier gibt es gerade einige, die echt schwach sind, klar? Also für die die Kälte echt gefährlich ist. Auf die müssen wir aufpassen. Dass denen nichts passiert, klar? Sie beschützen. Und das will ich denen einfach mal sagen: Auf mich könnt ihr zählen. Okay? Fertig.

Die Klasse hat erst skeptisch, dann zunehmend ergriffen gelauscht und applaudiert jetzt spontan. JUSTIN ist davon überrascht und es ist ihm auch etwas peinlich, so im Mittelpunkt zu stehen.

349 **LEONIE** ... und cut. Wow, Justin, ich bin beeindruckt.

350 **LETIZIA** Hammer-Statement, Justin!

351 **DENISE** Oh Justin, das hat mich echt bewegt.

352 **JUSTIN** *(brummt etwas unsicher)* Okay. Wenn ihr meint.

353 **LEONIE** Läuft? – Okay meine Lieben, das war die LeoLounge von heute. Es ist auf jeden Fall total wichtig, dass wir in dieser Krise zusammenhalten und gemeinsam alles dafür tun, dass die Temperatur wieder steigt. Wenn ihr das auch findet, dann gebt euer Like und abonniert meinen Kanal. Wir schaffen das – „Gemeinsam gegen die Kälte"!

Pausenklingel. Die am Video Beteiligten klatschen sich begeistert ab. Alle nehmen ihre Rucksäcke und gehen ab.

06. Nachrichten aus der Kälte 3

Video- oder Audioeinspielung. Eine Fernsehsendung, wie Frühstücksfernsehen, mit dem Moderationsduo WERNER und STEFANIE. Diesmal mit zweigeteiltem Bildschirm vor etwas anderer Kulisse. Jingle.

354 **WERNER** Guten Morgen Deutschland, und willkommen zurück bei VTV Voll eingeschenkt, Ihrem Frühstücksfernsehen mit Herz! Tja, heute sieht es hier so gar nicht aus wie unser gewohntes Studio, nicht wahr, Stefanie?

355 **STEFANIE** Absolut, Werner. Wir berichten ab heute per Liveschalte aus unseren Privatwohnungen.

356 **WERNER** Haha, und das macht uns auch fast nichts aus! Haha.

357 **STEFANIE** Denn auch wir sind solidarisch im Kampf gegen die Noch Nie Dagewesene Extremkälte: Ab heute gilt der Kälte-Lockdown – und genau wie alle Bürgerinnen und Bürger verlassen auch wir unsere Wohnung nicht mehr und sparen so kostbare Wärme.

358 **WERNER** Und außerdem ist es im Studio saukalt und zuhause haben wir einen Kamin, nicht wahr, Stefanie?

359 **STEFANIE** Den wir natürlich nicht benutzen, Werner. Denn um mit einer gemeinsamen solidarischen Anstrengung den CO2-Ausstoß zu drosseln, dürfen Wohnungen und Häuser ab heute nicht mehr beheizt werden. Ist es nicht so, Werner?

360 **WERNER** Aber selbstverständlich Stefanie, das war natürlich ein Witz. Hahaha.

361 **STEFANIE** Dann nun zu den Neuigkeiten des Tages in unserem Newsflash.

Der Newsflash wird eingespielt: Die Stimme eines SPRECHERS über „Newsticker"-Musik.

362 **SPRECHER** Newsflash! +++++ Bundesweite Anzugpflicht: Wohnung darf nur noch mit wichtigem Grund und Ganzkörper-Kälte-Schutz verlassen werden +++++ Bildung hat Vorrang: Sonderregelung für Schulen im Kälte-Lockdown – Schüler sollen ab jetzt im Schulgebäude übernachten +++++ Hoffnungsschimmer am Horizont: US-StartUp will Heizdrähte entwickeln, die unter die Haut implantiert werden können +++++ Newsflash!

363 **WERNER** Uh, unter die Haut! Das klingt irgendwie gruselig, oder Stefanie?

364 **STEFANIE** Ganz und gar nicht, Werner! Es klingt eher nach einem Hoffnungsschimmer am Horizont!

365 **WERNER** Äh, absolut, Stefanie.

366 **STEFANIE** Doch bis dahin sind weiter gemeinsame solidarische Anstrengungen nötig. Und natürlich gehen wir beide da mit gutem Beispiel voran, nicht wahr, Werner?

367 **WERNER** *(gequält)* Haha. Aber immer doch.

Abschluss-Jingle.

07. Dritte Pause

Pausenklingel, Licht an. Mit einem Jauchzen und einem satten Platscher werden ein paar Schlafsäcke durch die Tür in den Raum geworfen. ASSI stürmt herein, mit Isomatte und Reisetasche, eine Bierflasche erhoben.

368 **ASSI** Yeeeeeah! Klassenparty! - Au!

ORKAN ist hinter ihm in den Raum gestürmt und hat ihm spielerisch mit seiner Isomatte eins übergebraten. Die beiden liefern sich einen begeisterten Isomatten-Kampf quer durch den Raum. Freudig quatschend kommen nun auch TUGCE, DENISE, LETIZIA und FRANZISKA in den Raum, jede mit Schlafsack, Isomatte, Reisetasche. Genau wie alle anderen tragen sie Ganzkörper-Kälteschutz-Anzüge, die sie – so wie man beim Betreten eines Raums seine Jacke auszieht – während der nächsten Dialoge ausziehen und in einer Ecke stapeln. Dann beginnen alle, sich ihre Schlafplätze auszusuchen und vorzubereiten.

369 **LETIZIA** Wie cool! Ich wollte schon immer mal in der Schule übernachten! Wie bei Harry Potter!

370 **TUGCE** Wir könnten geheime Mitternachtspartys machen!

371 **DENISE** *(quietscht begeistert)* Au jaaa!

Auftritt JUSTIN, er trägt einen vollen Bierkasten. Großes Hallo bei allen.

372 **JUSTIN** Und hier kommt die wichtigste Zutat!

373 **ASSI** Geil, Alter! Ein Hoch auf den Kälte-Lockdown!

374 **LETIZIA** Bist du verrückt! Wenn das Frau Rentschler sieht!

375 **DENISE** Ich schlafe hier! Oder nein, hier!

376 **ORKAN** Baby, in meinem Schlafsack ist immer Platz für dich.

Allgemeines Kichern, anzügliches Pfeifen, „Oh la la". DENISE wird rot, freut sich aber über die Aufmerksamkeit. Auftritt LEONIE, filmt sich mit dem Smartphone.

377 **LEONIE** *(in die Kamera)* Hallo meine Lieben, hier ist eure Leonie mit einem kleinen Gruß aus meinem neuen Zuhause für die nächsten Wochen!

378 **LETIZIA** Warte, Leonie! Ich habe was für dich. Hier! *(Sie kramt in ihrem Rucksack und holt einen kleinen Akku-Scheinwerfer heraus.)*

379 **LEONIE** Ein Scheinwerfer! Mega, Letizia!

LEONIE winkt die Mädels zu sich, so dass alle gemeinsam mit auf dem Bild sind, vor dem Solidaritätsplakat. Die Jungs öffnen sich Flaschen und beobachten die Mädels amüsiert. LETIZIA beleuchtet die Szenerie.

380 **LEONIE** *(in die Kamera)* Hallo meine Lieben, hier kommt ein kleiner Gruß aus der LeoLounge! Ich und meine Besties ... *(Diese winken begeistert)* ... sind für den Kälte-Lockdown hier in unserem Pausenraum untergebracht!

Während LEONIE weiter spricht: Auftritt BEN. Als er den „Filmset" sieht, rollt er nur mit den Augen und duckt sich weg. JUSTIN winkt ihn grinsend zu sich und gibt ihm eine Flasche. BEN prostet ihm dankbar zu.

381 **LEONIE** *(in die Kamera)* By the way ein Riesendankeschön an euch! Mein Kälte-Video letzte Woche ist viral gegangen und jetzt sind wir nicht mehr 200.000 Leoniten, sondern ... 415.000! O-M-G. Ihr seid die Allerbesten! Also, seid solidarisch und schützt die Schwachen! Wir schaffen das - gemeinsam gegen die Kälte!

382 **DENISE** Wow, Leonie. Du bist so super!

383 **FRANZISKA** Soviele neue Follower.

384 **LEONIE** Der Scheinwerfer kommt supergut, Letizia.

385 **LETIZIA** *(stolz)* Gerne! Ich meine, warum sollten wir uns mit 90% zufriedengeben? „90% sind auch versagt." Sagt mein Vater immer.

386 **LEONIE** Aber wisst ihr, was das Allerbeste ist? Hier.

LEONIE öffnet eine Nachricht auf ihrem Phone und lässt DENISE lesen.

387 **DENISE** Das ist … von Galactic Media!

388 **LETIZIA** Was, DIE Galactic Media? Wie krass ist das denn?

389 **DENISE** „… sind auf Ihren Kanal aufmerksam geworden … " „… Influencerin für Solidarität … " „… großes Potential … "

390 **LEONIE** Lies hier.

391 **DENISE** „… falls sich Ihre Followerzahlen weiterhin so positiv entwickeln, können wir uns vorstellen, Ihnen einen exklusiven Werbevertrag anzubieten."

392 **DIE MÄDELS** Wie geil ist das denn! / Wahnsinn! / Leonie, wie super!

393 **LEONIE** Sie finden vor allem meinen Einsatz für Kältesolidarität gut.

394 **TUGCE** Du musst noch mehr Videos dazu machen!

395 **LEONIE** Absolut. Hey, habt ihr schon von dieser Heizdraht-Erfindung gehört?

396 **DENISE** Jaaa! Ein Heizdraht-Video!

397 **LETIZIA** Ich leuchte dich perfekt aus.

LETIZIA knipst den Scheinwerfer an und filmt gleichzeitig. LEONIE geht, während sie in die Kamera spricht, hinüber zu den Jungs, die eilig die Bierflaschen verstecken. FRANZISKA hat das Plakat abgenommen und hält es als Hintergrund hinter die Szene.

398 **LEONIE** Läuft? *(In die Kamera:)* Hallo liebe Leoniten, bestimmt habt ihr es schon gehört – die Firma DigiCorp arbeitet gerade mit Hochdruck an einem Ausweg aus der Kältekrise. Und zwar an einem Heizdraht, der in den Körper implantiert wird. Was haltet ihr davon?

399 **ORKAN** Was, ich? Ja, äh, schon irgendwie gruselig, oder?

400 **ASSI** Ja, mann, ob das sicher ist?

401 **DENISE** Aber wenn es doch die Kälte beendet?

Auftritt STANISLAV. Er bleibt theatralisch im Türrahmen stehen.

402 **STANISLAV** *(deklamiert dramatisch)* „Remember, remember, the fifth of November!"

403 **ALLE** Psssst!

404 **STANISLAV** Kommt schon Leute, das ist ein Klassiker! Und so passend gerade! *(Er wird ignoriert.)*

405 **LEONIE** Und, würdet ihr euch so einen Heizdraht implantieren lassen?

406 **JUSTIN** Puh, also ich weiß nicht -

407 **STANISLAV** *(drängt sich dazwischen)* Was, den Heizdraht? Auf gar keinen Fall! Ich sage nur: Ungenügend getestet, gesundheitlich bedenklich, der Effekt mehr als fragwürdig. Von möglichen Interaktionen mit Schwermetallen und Stromanschlüssen im Körper gar nicht erst anzufangen. Zudem -

408 **LEONIE** Danke, Stanislav, das reicht.

409 **STANISLAV** Zudem wird DigiCorp gesponsert vom Multimilliardär Victor Tepes, der, wie aber der breiten Öffentlichkeit verschwiegen wird, auch der Geldgeber ist hinter den geheimen Bevölkerungsreduktionsprogrammen der US-Regierung in Afrika! Und -

410 **JUSTIN** Boah, verpiss dich, Stanni!

411 **LETIZIA** Woher hast du das schon wieder? Von SkipperAM?

412 **STANISLAV** Der Heizdraht ist gefährlich!

413 **LETIZIA** Das sind Verschwörungsmythen!

414 **BEN** Was, wenn er recht hat?

415 **LEONIE** *(genervt)* Okay – also: Wer ist alles Stanislavs Meinung?

Nur Schweigen. Niemand traut sich.

416 **STANISLAV** Er ist tödlich!

417 **ASSI** Verpiss dich einfach, Stanni.

418 **DENISE** Er könnte die Kältewelle beenden.

419 **ORKAN** Und Risikopatienten schützen.

420 **LEONIE** Also: Wie steht ihr zum Heizdraht? NO oder GO?

421 **ALLE** *(außer BEN und STANISLAV)* GO!

422 **BEN** Ich gehe für Nein.

423 **LEONIE** *(in die Kamera)* Gemeinsam gegen die Kälte! Solidarisch schaffen wir das! - Und cut.

424 **BEN** *(zu Stanislav)* Erzähl mir mehr darüber.

425 **LEONIE** Wer mag mit schneiden?

LETIZIA, DENISE und TUGCE stimmen begeistert zu und setzen sich mit LEONIE in eine Ecke, wo sie sich alle über Leonies Smartphone beugen. DENISE holt auch JUSTIN dazu. Auch FRANZISKA setzt sich zu ihnen, sieht aber nichts, weil sie nicht in den Kreis aufgenommen wird. BEN und STANISLAV setzen sich in eine andere Ecke, wo STANISLAV ihm (lautlos) Texte und Tabellen auf seinem Tablet erklärt.

426 **ASSI** *(zu Orkan)* Boah, stress mich tot. Das wird ja ein tolles Zeltlager. Aber hey, Brudi ... *(flüstert)* Daddy hat vorgesorgt. Guck mal hier ...

ORKAN setzt sich neugierig zu ihm. ASSI holt verstohlen ein Plastiktütchen aus seinem Rucksack.

427 **ORKAN** Gras, Alter! Ich werd verrückt!

428 **ASSI** Psst, nicht so laut! Falls uns hier mal alles auf den Sack geht, wenn du verstehst, was ich meine. Hast du noch Papers?

429 **ORKAN** Klar, mann. In meinem Rucksack!

ASSI sucht in ORKANs Rucksack, entdeckt eine Schatulle. Neugierig öffnet er sie und zieht ein filigranes Silberkettchen heraus.

430 **ASSI** Oh lala, was haben wir denn hier!

431 **ORKAN** Shit, gib das her!

432 **ASSI** *(süffisant grinsend, schwingt das Kettchen vor Orkan hin und her)* Was hast du denn damit vor?

433 **ORKAN** Nicht so laut, Mann! *(Sieht sich hastig um, aber niemand nimmt Notiz von ihnen)* Na, was wohl.

434 **ASSI** *(liest spottend die Inschrift auf dem Herz-Anhänger)* „Ewige Liebe und Treue". Wieviele Girlies tragen denn so eins von dir?

435 **ORKAN** Digger, spinnst du, ich bin nicht so einer. Auch wenn das alle denken. Ich will nur Denise. Und sie soll das endlich wissen!

Endlich gelingt es ORKAN, ASSI das Kettchen zu entwinden. Sorgsam verstaut er es wieder in der Schatulle.

436 **ASSI** Shit, du meinst es echt ernst mit ihr.

437 **ORKAN** *(ernst)* Bro, ich sage dir: Das ist die Frau meines Lebens. Die eine oder keine.

438 ASSI Dann sag ihr das, Bro. Jetzt und sofort.

439 **ORKAN** Was, jetzt?

440 **ASSI** Geh!

ORKAN umklammert fest die Schatulle und geht staksig zu der Smartphone-Gruppe.

441 **ORKAN** Ähm. Denise, ich möchte dir gerne was sagen.

442 **DENISE** Nicht jetzt Orkan, wir sind beschäftigt.

ORKAN sieht sich hilflos zu ASSI um, der gestikuliert ein „Nur weiter, mach ran!“

443 **ORKAN** Ähm. Denise, es ist aber sehr wichtig.

444 **DENISE** *(gereizt)* Was denn?

445 **ORKAN** Denise, ich -

Auftritt HAUSMEISTER im Blaumann, mit Werkzeugkasten, einer Handvoll Brettern und einer Brechstange. Es ist schön, wenn der HAUSMEISTER in einem Dialekt sprechen kann.

446 **HAUSMEISTER** Moin Kinners.

447 **ALLE** Morgen, Herr Rundel. / Hallo Herr Rundel. / Moin.

448 **HAUSMEISTER** Tja, das ist dann wohl ab jetzt euer Wohnzimmer, nich?

449 **ASSI** Und Schlafzimmer!

450 **HAUSMEISTER** Tja, und euer guter alter Hausmeister macht euch das jetzt ein bisschen gemütlicher.

Er beginnt, den Heizkörper abzuschrauben.

451 **BEN** Hey, was soll das?

452 **HAUSMEISTER** Tja Junge, Befehl von oben. Tut mir leid.

453 **DENISE** Aber wir haben eine Noch Nie Dagewesene Extremkälte!

454 **LETIZIA** Das ist jetzt Vorschrift. Je weniger CO2 durch Hei-

zen verbraucht wird, desto eher wird sich die Gesamttemperatur heben.

455 **BEN** Das ist doch Quatsch!

456 **HAUSMEISTER** Tja, ich mache hier nicht die Regeln.

457 **DENISE** *(ängstlich)* Leonie ...

458 **LEONIE** Herr Rundel, wir haben hier eine Risikopatientin. Zuviel Kälte könnte tödlich für sie sein!

459 **HAUSMEISTER** Tja Kinners, was machen wir da? Vorschrift ist Vorschrift. Ich kann euch höchstens das Fenster zunageln.

Die Aussage trifft ORKAN wie ein Schlag. Er wird unruhig und zunehmend panisch.

460 **ORKAN** Was?

461 **HAUSMEISTER** Tja, dann habt ihr's wenigstens schön warm.

462 **ORKAN** Sorry, Herr Rundel, aber das geht gar nicht.

463 **DENISE** Klingt doch gut!

464 **ORKAN** Nein!

465 **HAUSMEISTER** Tja, Kinners, diskutiert das mal unter euch aus. Ich fang schon mal an.

Der HAUSMEISTER beginnt, die Bretter vor das Fenster zu nageln. Die Jugendlichen gehen beiseite, um die Sache unter sich zu besprechen, ohne dass der Hausmeister mithört.

466 **LEONIE** Was ist los, das ist doch ein guter Kompromiss!

467 **ORKAN** Als ob!

ORKAN beginnt, schwer zu atmen. Man merkt, dass er von dem immer stärker vernagelten Fenster panisch wird.

468 **TUGCE** Orkan, was ist los?

469 **ORKAN** Nichts! Aber das Fenster bleibt offen!

470 **DENISE** Bin ich dir egal?

471 **ORKAN** Nein!

472 **TUGCE** Orkan, du musst uns sagen, was mit dir los ist.

473 **ORKAN** Nix!

474 **TUGCE** Orkan!

475 **ORKAN** *(atmet tief ein)* Okay, ich hab Klaustrophobie, klar? Platzangst. In Räumen ohne Fenster krieg ich ne Panikattacke, okay?

476 **TUGCE** Das ist was Ernstes, das müssen wir berücksichtigen.

477 **LETIZIA** Aber ist die denn tödlich?

478 **ORKAN** Nein, natürlich nicht -

479 **DENISE** Und an mich denkt niemand?

480 **TUGCE** Herr Rundel muss sofort aufhören.

481 **DENISE** Aber dann sterbe ich!

482 **BEN** Bullshit!

483 **FRANZISKA** Ich habe da eine Idee -

484 **LEONIE** Wir müssen auf Denises Krankheit Rücksicht nehmen.

485 **LETIZIA** Genau!

486 **TUGCE** Klaustrophie ist auch eine Krankheit!

487 **ORKAN** *(schwer atmend)* Sagt ihm, er soll aufhören!

488 **DENISE** Und was ist mit mir?

489 **BEN** Aber es geht dir doch gut!

490 **DENISE** Ja, jetzt!

491 **TUGCE** Aber Orkan nicht!

492 **LEONIE** Und wenn die Kälte schlimmer wird?

493 **BEN** Wenn!

494 **FRANZISKA** Wir könnten doch -

495 **JUSTIN** *(haut mit der Faust gegen die Wand, brüllt)* Stopp!

Alle zucken zusammen und erstarren.

496 **JUSTIN** Also. Ich sehe die Sache so: Denise könnte an der Kälte sterben, ja? Dann soll Orkan verdammt noch mal kein Baby sein und sich verdammt nochmal zusammenreißen. Das Fenster kommt zu.

497 **TUGCE** *(getroffen)* Justin ...

498 **HAUSMEISTER** Tja, alles okay bei euch, Kinners?

Keiner antwortet. Schließlich räuspert sich ORKAN und richtet sich betont lässig auf, auch wenn ihm das sichtlich schwer fällt.

499 **ORKAN** Alles okay, Herr Rundel. Nageln Sie ruhig weiter.

500 **TUGCE** Orkan, du musst das nicht tun.

501 **ORKAN** Alles easy. Bin schließlich kein Baby.

Steifbeinig steht er auf und setzt sich in eine Ecke.

502 **DENISE** *(ruft ihm hinterher)* Was wolltest du mir eigentlich vorhin sagen?

503 **ORKAN** Nicht jetzt.

Die Jugendlichen stehen noch eine Weile unschlüssig da, dann verstreuen sie sich einzeln in verschiedene Ecken und starren stumm auf das Fenster, das immer mehr vernagelt wird. Nur TUGCE, die ziemlich sauer ist, greift sich JUSTIN und stellt ihn zur Rede.

504 **TUGCE** Sag mal, was sollte das?

505 **JUSTIN** Sorry, okay?

506 **TUGCE** Wieso stellst du dich gegen mich?

507 **JUSTIN** Irgendjemand muss doch die Schwachen schützen.

508 **TUGCE** Aber hast du meine Argumente nicht gehört?

509 **JUSTIN** Tut mir leid, Tugce. Ging nicht gegen dich. Ich will halt einmal im Leben nicht der Schläger sein.

510 **TUGCE** Sondern der Beschützer?

511 **JUSTIN** Ja.

512 **TUGCE** *(atmet tief durch, schluckt ihren Groll herunter, aber mit Anstrengung)* Okay. Das verstehe ich. *(Wendet sich zum Gehen)*

513 **JUSTIN** *(auf einmal besorgt)* Tugce? Du verrätst mich jetzt aber nicht?

514 **TUGCE** Was?

515 **JUSTIN** Na, mit den Hausaufgaben. Ich stehe doch schon auf der Abschussliste vom Direx, wegen dieser Prügelsache, und wenn das jetzt auch noch rauskommt -

516 **TUGCE** Justin – das ist unser Geheimnis und es ist sicher bei mir.

517 **JUSTIN** Versprochen?

518 **TUGCE** Versprochen.

519 **FRANZISKA** Bei mir auch! Ich verrate es niemandem.

TUGCE wendet sich zum Gehen, wendet sich aber nach kurzem Zögern nochmal an die ganze Klasse.

520 **TUGCE** *(an alle)* Hier läuft irgendetwas schief, und wir müssen verdammt aufpassen, wohin das noch führt.

Keine sichtbare Reaktion der Klasse. TUGCE setzt sich in eine Ecke und holt ihr Tagebuch raus, in das sie schreibt. Schweigen. Schließlich steht DENISE auf und geht vertraulich zum nun freien JUSTIN.

521 **DENISE** Hey Justin. Ich fand das gerade total schön. Wie du

mich beschützt hast. Du bist sehr stark. Das war echt mutig von dir, und so schön.

522 **ORKAN** *(ruft schwach aus der Ecke)* Denise, ich wollte dir übrigens was sagen …

523 **DENISE** Nicht jetzt.

Der HAUSMEISTER räuspert sich.

524 **HAUSMEISTER** Tja, Kinners, ich bin dann mal fertig hier. Nehmt's mir nicht übel, ich mache auch nur meinen Job. Hier. Für den Notfall.

Der HAUSMEISTER lehnt eine Brechstange an die Wand, vor das vernagelte Fenster. Nimmt die abmontierte Heizung und seinen Werkzeugkasten und verlässt den Raum.

525 **BEN** Was für ein Notfall? Hey! Was für ein Notfall?!

Black.

08. Nachrichten aus der Kälte 4

Video- oder Audioeinspielung. Eine Fernsehsendung, wie Frühstücksfernsehen, mit dem Moderationsduo WERNER und STEFANIE. Sie senden immer noch aus ihren Privatwohnungen, diesmal dick mit Schal und Wolldecken eingepackt. Jingle.

526 **WERNER** Guten Morgen Deutschland, und wieder einmal willkommen bei VTV Voll eingeschenkt, dem kältesten Frühstücksfernsehen der Republik! Brrr! Heute habe ich ein kleines Quiz für dich, Stefanie: Was ist der gefährlichste Gegenstand Deutschlands?

527 **STEFANIE** Ganz einfach Werner! Es sind diese kleinen Biester. *(Sie zeigt ein Thermometer.)*

528 **WERNER** Uh! Gefährlich! Erzähl mir mehr, Stefanie.

529 **STEFANIE** Jahrelang vertrauten Millionen von Bürgerinnen und Bürgern blind ihren eigenen Thermometern. Doch dies kann nun ins Verhängnis führen: In der Noch Nie Dagewesenen Extremkälte funktionieren sie nicht mehr zuverlässig und zeigen seit Tagen eine Temperatur um minus 1 Grad. Und dies, obwohl das Klimaministerium derzeit reell von minus 25 Grad spricht, Tendenz weiter fallend.

530 **WERNER** Das klingt nach lebensgefährlichen Desinformationen, Stefanie! Wie können sich unsere Zuschauenden gegen diese lebensgefährlichen Desinformationen schützen?

531 **STEFANIE** Dies verrät uns Dr. Christian Rilken, Klimatologe und Berater des Umweltministeriums. Guten Morgen Dr. Rilken.

532 **RILKEN** Guten Morgen in die Runde. Ich appelliere an alle Bürgerinnen und Bürger: Entsorgen Sie Ihr Thermometer und vertrauen Sie ausschließlich den offiziellen Hochrechnungen der Klima-Experten der Regierung, z.B. bei VTV Voll eingeschenkt! Halten Sie Türen und Fenster geschlossen und verlassen

Sie auf keinen Fall das Haus!

533 **STEFANIE** Dies sind einfache Maßnahmen, mit denen jeder seine Mitmenschen vor der Kälte schützen kann. Und doch gibt es eine besorgniserregende Entwicklung.

534 **WERNER** Du meinst die „Kälte-Leugner", Stefanie?

535 **RILKEN** Das ist in der Tat eine tendenziell gemeingefährliche Bewegung, die wir von Regierungsseite aus gut beobachten müssen. Menschen, die die Kälteschutzmaßnahmen der Behörden rundheraus ablehnen. Letzten Sonntag fand in ______ [größere Stadt in der Region] die erste von mehreren Großdemonstrationen statt.

536 **WERNER** Das klingt ja interessant, nicht wahr, Stefanie!

537 **STEFANIE** Ganz und gar nicht, Werner. Wie du sehr gut weißt, marschieren dort ausschließlich Rechtsextreme, Reichsbürger und Antisemiten – also Pack, mit denen vernünftige, solidarische Menschen wie wir nichts zu tun haben wollen.

538 **WERNER** Hahaha. Du hast recht, Stefanie, überhaupt nicht interessant.

539 **STEFANIE** Vernünftige, solidarische Menschen wie wir vertrauen der Regierung und warten darauf, dass der Heizdraht endlich einsatzbereit ist – ist es nicht so, Werner?

540 **WERNER** Jahaha. Absolut, Stefanie, absolut. Absolut.

541 **STEFANIE** Also – nur noch ein klein wenig durchhalten! Gemeinsam gegen die Kälte!

Abschluss-Jingle.

09. Vierte Pause

Black. Ein Handywecker klingelt. Lange. Schließlich müdes Grunzen, dann Stimmen im Dunkeln.

542 **BEN** Boah ... Ruhe!

543 **JUSTIN** Mach mal einer das Scheißding aus.

544 **LEONIE** Ich mach ja schon.

Der Wecker wird ausgeschaltet. Licht an. Es ist früher Morgen. Alle in ihren Schlafsäcken, nach Jungs und Mädchen sortiert. Gähnen, reiben sich müde die Augen, beginnen unwillig den Tag.

545 **DENISE** Ich will schlaaaaafen ...

546 **FRANZISKA** *(freundlich)* Guten Morgen zusammen! *(Sie wird ignoriert.)*

547 **LETIZIA** Erste im Bad!

LETIZIA mit Kulturbeutel ab.

548 **ASSI** Wer bin ich, wo bin ich und wann? Und wenn ja: Warum?

549 **STANISLAV** *(ploppt plötzlich wie ein Stehaufmännchen neben ihm auf)* Interessant! Ein Teil dieser Fragen lässt sich scheinbar leicht beantworten: Heute ist Freitag und damit Tag 5 unserer sozusagen unfreiwillig-solidarischen WG, aber das Warum ist durchaus -

550 **ASSI** *(zieht sich die Decke über den Kopf)* Verpiss dich, Stanni, verpiss, verpiss, verpiss dich.

551 **STANISLAV** Oki-doki.

552 **DENISE** Ich wiiiiiiill nicht mehr ...

553 **TUGCE** Denise, alles in Ordnung bei dir?

LETIZIA stürmt wütend ins Zimmer und pfeffert ihren Kulturbeutel auf ASSIs Schlafsack.

554 **LETIZIA** Verdammte Axt, wer hat schon wieder auf dem Klo gekifft?

555 **BEN** Na wer wohl ...

556 **LETIZIA** Assi! Verdammt nochmal! Das stinkt bis zum Mädchenklo! Ich hasse den Gestank! Und die Fenster sind alle vernagelt!

557 **ASSI** Hm? Hab dir gerade nicht zugehört. Meine Gedanken waren besser.

558 **LETIZIA** Wie oft soll ich dir das denn noch sagen?! Ich - kann - nicht - lüften!

559 **ASSI** Das ist mir jetzt hart am Rande der Egalität. *(Er greift sich den Plastikbeutel mit dem Gras, der unter seinem Kopfkissen lag, und geht damit zur Tür.)*

560 **LETIZIA** Hey, wo willst du hin?

561 **ASSI** *(hebt demonstrativ den Grasbeutel)* Aufs Klo!

ASSI ab.

562 **LETIZIA** *(ruft ihm hinterher)* Du mieser -

563 **TUGCE** Hey, hey. Wie wäre es, wenn wir uns alle mal beruhigen.

564 **DENISE** Ich will nach Hause!

565 **BEN** Dann geh doch.

566 **DENISE** Orkan, hilf mir!

Von ORKAN, der immer noch in seinem Schlafsack vergraben liegt (schläft er noch?), kommt keine Reaktion. Deshalb wendet DENISE sich hilfesuchend an JUSTIN.

567 **DENISE** Justin!

568 **JUSTIN** *(drohend zu Ben)* Problem?!

569 **BEN** Ich nicht, aber vielleicht du?

570 **JUSTIN** Pass auf, was du sagst!

571 **TUGCE** Hey Jungs, ganz ruhig. Das ist für uns alle belastend hier.

572 **LEONIE** Nur noch ein bisschen durchhalten.

573 **DENISE** Wenn doch nur der Heizdraht schon soweit wäre!

574 **BEN** Nicht schon wieder.

575 **LETIZIA** In den Nachrichten haben sie gesagt, er wird vielleicht schon in den nächsten Tagen freigegeben.

576 **DENISE** Oh bitte, hoffentlich!

577 **STANISLAV** *(stark angetriggert)* Zum hundertsten Mal: Ihr wisst nicht, was ihr euch da wünscht! Das ist ein elektrisch leitfähiges Bauteil direkt im Blutkreislauf! Technisch gesehen macht einen das zum Cyborg!

578 **LETIZIA** Verpiss dich, Stanislav!

579 **STANISLAV** Nein, diesmal nicht! Diese Technik ist noch nie am Menschen erprobt, sie hat unkalkulierbare Nebenwirkungen! Das ist ein einziges großes transhumanistisches Menschen-Experiment, und wir sind die Versuchskaninchen!

580 **LEONIE** Das reicht jetzt aber wirklich.

581 **JUSTIN** Ich schraube mir das Ding höchstpersönlich in den Arm, nur damit der Scheiß endlich aufhört.

582 **DENISE** Genau, ich auch!

583 **TUGCE** Ruhe! Alle zusammen! Ihr geht jetzt alle sofort ins Bad und wascht euch erstmal das Gesicht! Alle!

Alle gehen mehr oder weniger widerstrebend ab, außer ORKAN, der sich weiter nicht rührt. BEN hält STANISLAV zurück.

584 **BEN** Hör zu, Stanislav, ich denke genauso wie du, aber das bringt doch nichts.

585 **STANISLAV** Es ist die Wahrheit, und sie müssen sie hören!

586 **BEN** Ja schon, aber -

587 **TUGCE** Auch ihr beide! Sofort! Muss ich hier denn immer die Mama sein?

TUGCE scheucht die Beiden aus dem Raum. Als sie endlich allein ist, fällt für einen Moment alles von ihr ab und man merkt ihre tiefe Erschöpfung. Dann strafft sie sich und wendet sich zum letzten verbliebenen Schlafsack. Es ist ORKAN, der dort immer noch tief vergraben liegt. TUGCE setzt sich neben ihn.

588 **TUGCE** *(sanft)* Hey. Orkan. Alles klar bei dir?

589 **ORKAN** *(ohne sich aufzurichten)* Nein.

590 **TUGCE** Konntest du wenigstens diese Nacht schlafen?

591 **ORKAN** Nein.

592 **TUGCE** Wieder die Panikschübe.

593 **ORKAN** Drei heute nacht.

594 **TUGCE** So kann das doch nicht weitergehen.

595 **ORKAN** *(setzt sich mühsam auf, er sieht schlecht aus)* Schon okay. Es wird schon gehen.

596 **TUGCE** Spiel nicht den Starken.

597 **ORKAN** Ich sagte, es wird schon gehen.

Alle anderen strömen wieder in den Raum, locker quatschend und etwas entspannter. Hinter ihnen her: Auftritt LEHRERIN.

598 **LEHRERIN** Guten Morgen Klasse!

599 **ALLE** Guten Morgen Frau Rentschler.

600 **LEHRERIN** Wie sieht es hier denn schon wieder aus. Wie ist die Stimmung bei euch?

601 **ALLE** Hm. / Geht so. / Naja ...

602 **LEHRERIN** *(triefend vor Mitgefühl)* Ihr Armen, das ist so ungeheuer belastend für euch. Ja, wir müssen derzeit wirklich Opfer bringen, um gut durch die Krise zu kommen. Aber ich komme mit guten Nachrichten: Wir haben im Rektorat eine Risikoabwägung vorgenommen. Die Temperaturen sind weiterhin im kritischen Bereich. Dennoch sind wir aber auch für das Kindeswohl verantwortlich. Deshalb haben wir entschieden, einer Klasse zu erlauben, übers Wochenende nach Hause zu gehen.

603 **ASSI** Wir dürfen nach Hause?!

604 **BEN** Nur einer Klasse? Von wievielen, 25?

605 **LEONIE** Und welcher?

606 **ASSI** Also jetzt nicht wir?

607 **LETIZIA** Shhh.

608 **LEHRERIN** Mehr Klassen sind in Anbetracht der Kältesituation wirklich nicht verantwortbar. Es ist zu gefährlich. Aber derjenigen Klasse, die sich am verantwortlichsten und nachhaltigsten um den Kälteschutz bemüht – der können wir es erlauben.

609 **LETIZIA** Also ein Wettbewerb?

610 **LEHRERIN** Ich sage jetzt noch den Parallelklassen Bescheid. In zehn Minuten komme ich wieder und höre mir gerne an, wie ihr euch für die Temperaturanhebung einsetzt.

LEHRERIN ab.

611 **ASSI** Nach Hause!

612 **DENISE** Das ist unsere Chance!

613 **ORKAN** *(kraftlos)* Bitte, bitte, unbedingt!

614 **LETIZIA** Wir müssen nur gewinnen!

615 **LEONIE** Okay, Leute, das schaffen wir! Kommt alle zusammen, lasst uns Ideen sammeln.

616 **LETIZIA** Ich schreibe auf!

617 **LEONIE** Fantastisch, dann bist du ab jetzt unsere Dokumentatorin. Stellst du dann auch sicher, dass alles wie beschlossen umgesetzt wird?

618 **LETIZIA** Liebend gerne!

619 **DENISE** Au ja!

620 **LEONIE** Und ich mache daraus einen schönen Film für unseren Kanal, okay?

Allerseits Zustimmung. LETIZIA schnappt sich eifrig ein Klemmbrett. Alle setzen sich zusammen, z.B. in einem Kreis. BEN nur mit erheblichem Unwillen. LEONIE hält während der Sitzung ihr Phone in Position und filmt mit.

621 **FRANZISKA** Ich könnte dich ausleuchten. *(Obwohl wieder keine Reaktion kommt, nimmt sie den Scheinwerfer und beleuchtet die Szene.)*

622 **LEONIE** Also, was könnten wir tun?

623 **DENISE** Kein CO2 produzieren! Also, keine Heizung!

624 **ASSI** Hallo, wir haben sowieso keine mehr?

625 **LETIZIA** Das ist außerdem zu billig, jeder macht das.

626 **LEONIE** Ja, aber wir müssen zeigen, dass wir uns an die allgemeinen Regeln halten.

627 **LETIZIA** Mit … einem Regelplakat!

628 **DENISE** Au ja! Ich male eins! Hilf mir, Justin!

629 **ORKAN** *(schwach)* Baby, ich kann dir auch helfen.

630 **DENISE** *(ohne sich umzudrehen)* Nein, nein, ruh dich ruhig aus.

JUSTIN und DENISE nehmen sich ein großes leeres Blatt und fangen an, es zu beschriften. LETIZIA diktiert.

631 **LETIZIA** Nicht aus dem Haus ... nicht heizen ... Kein Thermometer ... Regierungsmaßnahmen befolgen ...

632 **LEONIE** Hey Leute, das ist prima! Kriegen wir auch was Proaktives hin? Wie könnten wir die Temperatur anheben?

633 **FRANZISKA** Wir könnten doch zum Beispiel -

634 **LETIZIA** Wie wäre es mit Workout?

635 **ASSI** What?

636 **LETIZIA** Wir machen jeden Morgen und Abend gemeinsame Sportübungen! Wenn uns warm wird, steigt auch die Raumtemperatur!

637 **DENISE** Wow, das ist super!

638 **JUSTIN** Nice Idee.

639 **ASSI** Aber mir ist gar nicht kalt.

640 **LETIZIA** Hallo, darum geht es auch nicht? Es geht um die allgemeine Raumtemperatur!

641 **LEONIE** Ums Klima.

642 **ASSI** Seid ihr noch ganz dicht? Ich mach doch keine Hampelmänner mit euch!

643 **STANISLAV** Äh, ich übrigens auch nicht.

644 **JUSTIN** Geht's noch egoistischer? Denkt mal an eure Mitmenschen!

645 **LEONIE** Genau. Immerhin haben wir hier eine Risikopatientin.

646 **LETIZIA** *(schreibt befriedigt auf ihr Klemmbrett)* Und – gebongt.

647 **FRANZISKA** Ich fände es viel zielführender, wenn -

648 **DENISE** Darf ich auch einen Vorschlag machen?

649 **LEONIE, JUSTIN, LETIZIA** Aber klar doch! / Gerne. / Aber bitte!

650 **DENISE** Also, mir wäre es ehrlich gesagt am liebsten, wenn wir alle auch hier drinnen den GKS tragen würden. Dadurch würde ich mich irgendwie, naja, sicherer fühlen.

651 **ASSI** The fuck?!

652 **LEONIE** Denise, das ist so mutig von dir, das zu äußern. Wir nehmen gerne Rücksicht.

653 **JUSTIN** Ehrensache.

654 **LETIZIA** Das ist perfekt! *(schreibt es aufs Klemmbrett)*

655 **BEN** Stop, stop, stop. Leute, das ist doch jetzt echt übertrieben. Was bringt es dem Klima, wenn wir hier drinnen Anzug tragen und Kniebeugen machen?

656 **LETIZIA** Es geht ums Prinzip!

657 **LEONIE** Und wenn jeder denkt wie du, ändert sich nie was.

658 **BEN** Aber es bringt doch einfach nichts!

659 **STANISLAV** Da hat er absolut recht! Mal ganz abgesehen davon, dass an den sogenannten „menschgemachten Klimawandel durch CO2" sowieso ein dickes Fragezeichen gesetzt werden muss. Der CO2-Gehalt in der Atmosphäre -

660 **JUSTIN** Verpiss dich, Stanislav! Darum geht es hier doch gar nicht!

661 **STANISLAV** - beträgt gerade mal 0,04% und hat sich in den letzten knapp 150 Jahren auch nicht wesentlich verändert, wie man in -

662 **LETIZIA** Ich fasse es nicht! Du bist Kälte-Leugner!

663 **STANISLAV** - wie man in Meyers Konversationslexikon von 1891 nachprüfen kann!

664 **DENISE** Und an mich denkt niemand?

665 **JUSTIN** Halt die Fresse, Stanni! *(Zieht Denise beschützend an sich)* Shh, ich bin da.

666 **BEN** *(beruhigend zu Stanislav)* Digger, lass gut sein.

667 **ORKAN** Leute, bitte macht das mit dem Anzug nicht. Er ist so eng, das macht es für mich noch schlimmer. Die Panikattacken -

668 **JUSTIN** Nicht schon wieder!

669 **ORKAN** Ich ertrage die kaum noch.

670 **TUGCE** Wie wäre es, wenn wir für Orkan eine Ausnahme machen?

671 **JUSTIN** *(zu Orkan)* Oder wie wäre es, wenn du mal mit dem Rumpussen aufhörst?

672 **TUGCE** Das ist kein Pussen, Justin! Das ist ernst!

673 **FRANZISKA** Wie wäre es, wenn wir -

674 **DENISE** *(fängt an zu weinen)* Wollt ihr, dass ich sterbe?

675 **ORKAN** Mann, denk doch einmal nicht nur an dich!

676 **JUSTIN** *(weist ihn scharf zurecht)* Geht's noch? Für Denise geht es hier um Leben und Tod!

677 **FRANZISKA** Hört mir hier eigentlich jemand zu?

678 **LEONIE** Okay Leute, wie es aussieht, sind wir hier etwas kontrovers. Ich schlage vor, wir machen einfach eine Abstimmung, ganz demokratisch. Okay?

Allgemeine Zustimmung; bei manchen (BEN, STANISLAV, ORKAN) etwas zögerlicher.

679 **FRANZISKA** Wenn mir hier eh niemand zuhört, dann enthalte ich mich.

680 **LEONIE** Also, wir haben hier als Schutzmaßnahmen gegen die Kälte: Ein Regelplakat, regelmäßiges Workout und GKS tragen. Das tut uns allen nicht übermäßig weh und schützt Denise.

681 **JUSTIN** UND wir dürfen dadurch nach Hause!

682 **LEONIE** Also, wer ist dafür?

LETIZIA, DENISE, JUSTIN und LEONIE selbst melden sich.

683 **FRANZISKA** Ich enthalte mich.

684 **LEONIE** ... zwei, drei, vier. Danke. Und wer ist dagegen?

685 **BEN** Sorry, aber diese Regeln sind Schwachsinn.

BEN und STANISLAV melden sich direkt. Nach einem kurzen inneren Kampf auch ORKAN und TUGCE.

686 **TUGCE** Nicht mit der Anzugpflicht. Wir müssen auch an Orkan denken.

687 **ORKAN** Es tut mir leid, Baby.

688 **DENISE** *(schüttelt nur fassungslos den Kopf)*

689 **LETIZIA** Wie bitte?! Das ist unser Ticket nach Hause! Wollt ihr nicht nach Hause?

690 **LEONIE** Eins, zwei, drei, vier. Gleichstand. Wer fehlt?

Alle schauen auf ASSI.

691 **ASSI** Äh, also ... Boah, das ist mir ganz ehrlich alles zu stressig. Anzug, und Turnen ...

692 **JUSTIN** Stressig? Wegen deiner Stimme bleiben wir also alle in der Schule? Und das ist für dich nicht stressig?

693 **ASSI** Ja doch, aber ...

694 **LETIZIA** Und was ist dann dein Gegenvorschlag?

695 **ASSI** Keine Ahnung mann, ich will doch einfach nur nach Hause!

696 **LEONIE** *(filmt ihn nun direkt)* Hallo ihr Lieben, hier wird es nun spannend, denn in unserer Abstimmung hängt alles an der Stimme von diesem jungen Mann.

697 **ASSI** Hey! Mach das aus, bitte!

698 **BEN** Leonie, das ist unfair!

699 **LEONIE** *(filmt weiter)* Also, möchtest du, dass wir am Wochenende nach Hause können oder nicht?

700 **LETIZIA** Wehe! Ich hab echt keinen Nerv, dass meine ganze Arbeit schon wieder an dir scheitert!

701 **ASSI** Aber –

702 **JUSTIN** Mann, Bro, ich hab doch auch keinen Bock auf den Scheißanzug, aber wenn uns das doch nach Hause bringt!

703 **BEN** Das ist doch Erpressung!

704 **ASSI** *(nach innerem Kampf)* Mann! Na gut! Ja, ich stimme mit Ja.

705 **BEN** *(getroffen)* Assi … !

706 **LEONIE** 5 zu 4. Die Regeln sind hiermit genehmigt.

707 **LETIZIA** Yes!

ORKAN sackt mit einem verzweifelten Stöhnen zusammen.

708 **TUGCE** Wartet, so geht das doch nicht!

709 **LEONIE** Das ist eben Demokratie.

710 **TUGCE** Orkan leidet darunter!

711 **JUSTIN** Und Denise nicht?

712 **TUGCE** Das ist unfair!

713 **ORKAN** *(atmet tief ein, richtet sich dann auf, an alle)* Ich stimme auch mit Ja.

714 **TUGCE** Was?

715 **ORKAN** *(laut und fest)* Ich habe mich umentschieden. Denise, ich stehe das durch, für dich.

ORKAN schlendert betont lässig zu DENISE, die sich nur widerstrebend von JUSTIN löst.

716 **TUGCE** *(verletzt)* Orkan … !

717 **LEONIE** 6 zu 3. Noch klarer.

718 **FRANZISKA** Ich halte mich da raus.

719 **BEN** Sagt mal, habt ihr sie noch alle? Was läuft denn hier für eine kranke Scheiße? Das ist doch reinste Symbolpolitik! Ihr wisst doch alle, dass die Anzüge hier drinnen null bringen, wirklich null! Sondern eher noch Schaden, siehe Orkan!

720 **LETIZIA** Aber dann dürfen wir nach Hause!

721 **BEN** Und dafür soll ich jetzt auch noch dankbar sein? Dass man uns erst einsperrt und dann gnädigerweise kurz rauslässt, wenn wir nur gehorsam genug sind? Stockholm-Syndrom nennt man das! Ihr seid doch alle total gehirngewaschen!

722 **LEONIE** Schluss jetzt, Ben!

723 **BEN** *(zu Assi)* Und dass du bei sowas mitmachst, Bro! Bin schwer enttäuscht von dir.

724 **ASSI** Mann, stress doch nicht so, ich will doch einfach nur nach Hause!

725 **BEN** *(wieder an alle)* Aber nicht mit mir! Ich mache da nicht mit!

726 **STANISLAV** *(stellt sich demonstrativ zu ihm, mit verschränkten Armen)* Und ich auch nicht!

727 **DENISE** *(an der Tür)* Da kommt Frau Rentschler!

728 **LETIZIA** Schnell! Die Anzüge!

Chaos-Moment, als alle zu dem Kleiderhaufen in der Ecke stürmen und sich in Windeseile ihren Ganzkörper-Kälteschutz anziehen. Alle, außer BEN, STANISLAV und TUGCE, die sich nach kurzem Zögern zu ihnen gesellt und ebenfalls die Arme verschränkt. FRANZISKA zögert ebenfalls, zieht dann aber doch den Anzug an.

729 **LETIZIA** Hier, nimm das Plakat! Alle in eine Reihe! - Hey, was ist mit euch?

730 **BEN** *(trotzig)* Es bleibt dabei: Ich mach nicht mit.

731 **STANISLAV** No sir!

732 **JUSTIN** Spinnt ihr?

733 **TUGCE** *(trotzig)* Hier läuft gerade alles außer Kontrolle. Ihr habt total das Maß verloren.

734 **LETIZIA** Das war eine demokratische Entscheidung!

735 **TUGCE** Mir egal.

736 **LETIZIA** Zieht sofort die Anzüge an!

737 **DENISE** Achtung, da kommt sie!

738 **LEONIE** *(mit gezücktem Phone)* Action!

Auftritt LEHRERIN. Die Klasse steht stramm und nervös in einer Reihe, das Regelplakat in Händen. Alle, die jetzt den Anzug tragen, werden ihn bis zum Ende des Stücks nicht mehr ausziehen. LEONIE filmt.

739 **LEHRERIN** Guten Morgen Klasse.

740 **ALLE** Guten Morgen Frau Rentschler.

741 **LEHRERIN** Ich sehe, ihr habt euch Gedanken gemacht!

742 **LETIZIA** *(eilfertig)* Genau, Frau Rentschler. Wir haben zur ständigen Erinnerung ein Regelplakat gebastelt. Außerdem zeigen wir gemeinsam Solidarität mit unseren Risikopatient_innen und heben ab jetzt zweimal täglich mit Indoor-Sport die Raumtemperatur, und tragen außerdem alle ständig den Ganzkörper-Kälteschutz!

743 **LEHRERIN** Alle?

TUGCE, BEN und STANISLAV stehen leicht abseits, dicht beeinander wie eine trotzige Phalanx, mit verschränkten Armen, schweigend.

744 **LETIZIA** Äh … also, immerhin gut 70% von uns.

745 **LEHRERIN** Das macht ihr ganz großartig. Ich bin stolz auf euch,

ihr zeigt in dieser Krise wirklich viel Verantwortung. Weiter so! - Für Chemie treffen wir uns in 10 Minuten in Fachraum H18.

Sie wendet sich zum Gehen.

746 **LEONIE** Frau Rentschler! Warten Sie! Dürfen wir denn jetzt nach Hause?

747 **LEHRERIN** Ach, meine Lieben. Es tut mir so leid, euch enttäuschen zu müssen. Die Klasse von nebenan hatte im Wesentlichen die selben Ideen – allerdings trugen dort wirklich alle den Anzug. Aber vielleicht schafft ihr es nächstes Wochenende! Bis nachher.

LEHRERIN ab.

748 **JUSTIN** Wie bitte?!

749 **ORKAN** Nein!

750 **ASSI** Fuck! Und für was habe ich jetzt verdammt nochmal mit Ja gestimmt?

751 **LETIZIA** Die ganze Arbeit umsonst! Alles wegen euch!

752 **BEN** Das hier ist grundverkehrt, und wir machen da nicht mit.

753 **TUGCE** Genau.

754 **ASSI** Einen Scheiß macht ihr! Ihr habt es für uns alle versaut!

755 **LETIZIA** Und das auch noch vor der Kamera! Wir sind total blamiert! Was werden deine Follower sagen?

Das ist der Punkt, an dem es LEONIE zuviel wird. Sie nimmt ihr Smartphone wieder auf.

756 **LEONIE** *(filmt)* Meine Lieben, ich hätte es nie für möglich gehalten, aber wir sind hier von einer kleinen Minderheit sabotiert worden.

757 **LETIZIA** Genau! Von Kälte-Leugnern!

758 **LEONIE** *(hält direkt auf Tugce, Ben und Stanislav)* So sehen sie aus – unsolidarische, verantwortungslose Verräter. Angeführt von einem offiziellen Psycho.

759 **BEN** *(getroffen)* Hey!

760 **LEONIE** Oder warst du etwa nicht in der Klapse? Zwei volle Monate, höre ich.

761 **TUGCE** Leonie, tu das nicht!

762 **LETIZIA** Ihr seid Demokratiefeinde!

763 **DENISE** Genau wie die auf den Kälteleugner-Demos!

764 **BEN** So ein Quatsch, wir machen nur nicht jede sinnlose Scheiße mit!

765 **LEONIE** Demokratie und Zusammenhalt sind für diesen Herrn also sinnlose Scheiße.

766 **TUGCE** Das ist unfair!

767 **BEN** Okay, hört mal her. Mein Vater -

768 **LETIZIA** Gib ihm keine Plattform!

769 **BEN** Mein Vater, ja? Sein Leben lang hat er immer Ja gesagt, Ja, Ja, Ja, obwohl er wusste, es ist grundverkehrt! Und am Schluss ist er daran zerbrochen, und er hat sich umgebracht!

770 **JUSTIN** Niemand will das hören!

771 **BEN** Aber ich mache es besser! Ich knicke nicht ein!

772 **ASSI** Schneid das raus!

773 **LEONIE** Keine Sorge. - *(In die Kamera)* Also, ganz wichtig, meine Lieben: Nur gemeinsam kommen wir aus dieser Krise. Mit Kälte-Leugnern funktioniert das nicht. - Und cut.

774 **TUGCE** Leonie, das geht gar nicht!

775 **LEONIE** DU gehst gerade gar nicht.

Pausenklingeln beendet die Situation. Alle nehmen ihre Rucksäcke und gehen ab.

10. Nachrichten aus der Kälte 5

Video- oder Audioeinspielung. Eine Fernsehsendung, wie Frühstücksfernsehen, mit dem Moderationsduo WERNER und STEFANIE. Sie senden immer noch aus ihren Privatwohnungen, dick mit Schal und Wolldecken eingepackt. Jingle.

776 **WERNER** Guten Morgen Deutschland, und willkommen zu einem neuen Tag bei VTV Voll eingeschenkt, Ihrem Lieblingsfrühstücksfernsehen! Dieser Tag beginnt mit fantastischen Neuigkeiten, nicht wahr, Stefanie?

777 **STEFANIE** Absolut, Werner. Wir haben es mit einem historischen Tag zu tun!

778 **WERNER** Erzähl uns mehr, Stefanie!

779 **STEFANIE** Absolut, Werner. Doch zunächst zu den aktuellen Temperaturen. Die neuesten wissenschaftlichen Hochrechnungen aus dem Klimaministerium vermelden schon wieder einen Minusrekord - minus 30 Grad, Tendenz fallend. Die Kliniken warnen weiterhin vor einer drohenden Überlastung. Bleiben Sie zuhause, schützen Sie sich und Ihre Mitmenschen!

780 **WERNER** Gaaanz wichtig. Und nicht vergessen: Nicht aufs eigene Thermometer vertrauen! Doch kommen wir nun zu den fantastischen Neuigkeiten, Stefanie!

781 **STEFANIE** Es sind fantastische und wahrhaft historische Neuigkeiten. Die US-Firma DigiCorp hat heute endlich den neuentwickelten Heizdraht freigegeben. Nun können sich Bürgerinnen und Bürger bundesweit in Elektronikläden, Autowerkstätten und an Tankstellen den Heizdraht in ihren Körper implantieren lassen.

782 **WERNER** Aber Stefanie, Kälte-Leugner behaupten, diese völlig neu entwickelte Technologie sei sehr gefährlich!

783 **STEFANIE** Ganz und gar nicht, Werner. Sie ist kostenlos und

100% nebenwirkungsfrei.

784 **WERNER** Das klingt nach einem absoluten Game Changer!

785 **STEFANIE** Absolut, Werner! Experten haben berechnet, dass sich der Klimawandel umkehren lässt, wenn sich alle Bürgerinnen und Bürger den Heizdraht implantieren lassen und so in einer gemeinsamen solidarischen Anstrengung ihre Umgebungstemperatur anheben!

786 **WERNER** Dann kann ich mein Gucci-Hemd also wieder aus dem Schrank holen, oder Stefanie?

787 **STEFANIE** Nein, Werner.

788 **WERNER** Weil der Heizdraht etwa doch nicht funktioniert?

789 **STEFANIE** Weil es hässlich ist wie die Nacht.

790 **WERNER** Hahaha!

Abschlussjingle.

11. Fünfte Pause

Black. Plötzlich Lärm: LETIZIA trommelt mit der Brechstange wild auf den Bierkasten. Licht an. Die schlafende Klasse schreckt aus ihren Schlafsäcken hoch; alle (bis auf TUGCE, STANISLAV und ASSI) voll bekleidet in ihren Ganzkörperkälteschutz-Anzügen. BEN und ORKAN fehlen.

791 **LETIZIA** Aufstehen! Sport!

792 **DENISE** Aaaaaargh …

793 **ASSI** Aufhören!

794 **LETIZIA** Spooort! Aufstehen!

795 **JUSTIN** Ist ja schon gut.

Stöhnend krabbeln alle aus ihren Schlafsäcken und stellen sich in einer Reihe auf; manche mehr, manche weniger motiviert. ASSI wirft sich den Anzug noch schnell schlampig über.

796 **LETIZIA** *(weiter trommelnd)* Assi, dein Anzug! Sofort!

797 **ASSI** Ach komm, muss das sein?

798 **LETIZIA** Willst du nach Hause oder nicht?

799 **JUSTIN** Alter, mach doch einfach!

800 **ASSI** Jaja … *(unwillig zurrt er den Anzug richtig fest, flucht vor sich hin)* Hoffentlich wird das was mit diesem Scheiß-Heizdraht …

801 **LETIZIA** *(kalt zu Tugce und Stanislav)* Was ich von euch halte, wisst ihr.

Erst als alle stehen, hört LETIZIA mit dem Trommeln auf.

802 **LETIZIA** Alle da?

803 **TUGCE** Wo ist Orkan?

804 **LEONIE** Ben fehlt auch.

805 **FRANZISKA** Wo sind sie?

Allgemeine Ratlosigkeit.

806 **LETIZIA** Kriegen wir nicht EINMAL 100% hin?!

807 **LEONIE** Vielleicht sind sie schon im Bad.

808 **TUGCE** Ist ihnen was passiert? Oder sie sind heimlich raus?

809 **DENISE** Das ist aber verboten!

810 **LETIZIA** Egal jetzt! Wir müssen anfangen, sonst schaffen wir den Zeitplan nicht! Also, jeder 5 Liegestütze!

Die Klasse macht sich stöhnend an die Aufgabe. Das Turnen fällt in den dicken warmen Anzügen sichtlich schwer.

811 **LETIZIA** Und jetzt Hampelmänner!

812 **ASSI** Echt jetzt?

813 **LETIZIA** Jeder 10!

Alle tun wie befohlen. Sie kommen aber sehr schnell ins Schwitzen und brechen keuchend ab.

814 **JUSTIN** Letizia, das ist zu hardcore.

815 **LETIZIA** *(selbst mühsam nach Luft ringend)* Es – ist aber gut. – Je mehr – Schweiß – desto höher – der Temperaturanstieg. – Jetzt alle – auf der Stelle joggen!

816 **DENISE** Ich kann nicht mehr!

817 **LEONIE** Lasst uns Pause machen.

818 **LETIZIA** Na gut.

Alle suchen sich keuchend einen Platz zum Sitzen oder Liegen. DENISE und FRANZISKA suchen LEONIEs Nähe.

819 **DENISE** Leonie, dein Video gestern mit unseren drei Verrätern war supergut!

820 **LEONIE** Ja, findest du?

821 **DENISE** To-tal!

822 **FRANZISKA** Es hat total viele Likes bekommen. Die Leoniten waren richtig begeistert. *(zückt ihr Smartphone und scrollt in den Kommentaren)*

823 **LEONIE** *(sieht sich kurz um, ob Tugce oder Stanislav mithören)* Ehrlich gesagt bin ich mir nicht mehr so sicher. Ich glaube, ich bin zu weit gegangen.

LETIZIA hat den letzten Satz gehört und kommt nun zu der kleinen Gruppe dazu.

824 **LETIZIA** Wie zu weit?

825 **LEONIE** Na, „unsolidarische Verräter"? Ich habe die drei ja richtig bloßgestellt. Das war doch ganz schön arschig, oder?

826 **FRANZISKA** *(liest Kommentare)* „Wow, Leonie, klares Statement! Weiter so!"

827 **LETIZIA** Überhaupt nicht!

828 **FRANZISKA** „Endlich traut sich mal jemand, Ansage zu machen! Herzchen!"

829 **LETIZIA** Das ist wehrhafte Solidarität!

830 **FRANZISKA** „LOL, diese Arschlöcher müssten öfter mal solche Reaktionen spüren! Mehr davon, Leonie!"

831 **LETIZIA** Wenn hier einer arschig war, dann die!

832 **DENISE** Genau!

833 **LEONIE** Hm. Hast recht.

834 **FRANZISKA** „Mit diesen Scheiß-Kälteleugnern kann man eh nicht reden!"

835 **LETIZIA** Gerade jetzt, wo die Kälte-Leugner auf ihren Demos marschieren.

836 **FRANZISKA** Heute ist auch wieder eine, in ______ [die vorher genannte größere Stadt in der Region].

837 **LEONIE** Wir sollten ein Zeichen setzen, mit einer klaren Ansage. Neues Plakat?

838 **LETIZIA** Super Idee! Das bringt uns bestimmt Bonuspunkte bei Frau Rentschler!

839 **DENISE** ... und dir mehr Follower.

840 **LEONIE** Sehr gut. *(Tippt)* Ich frage die Leoniten nach Slogans.

DENISE und LETIZIA bringen ein großes Blatt Papier und Stifte. Im Folgenden liest FRANZISKA die Vorschläger der Leoniten vor.

841 **LEONIE** Okay, was schreiben wir?

842 **DENISE** „Wir distanzieren uns von Kälte-Leugnern."

843 **LETIZIA** Zu schwach.

844 **DENISE** „Keine Macht den Kälte-Leugnern"?

845 **LEONIE** Besser. Aber zu lang!

846 **FRANZISKA** Hier kommen auch schon Vorschläge! „Nein zu Kälte-Leugnern!"

847 **LETIZIA** „Gegen Kälte-Leugner!"

848 **LEONIE** Immer noch zu schwach.

849 **FRANZISKA** „Kälte-Leugner verpisst euch!"

850 **DENISE** „Weg mit den Kälte-Leugnern!"

851 **FRANZISKA** „Kälte-Leugner nach Sibirien!"

852 **LEONIE** Das muss stärker.

853 **LETIZIA** Dann den hier. *(Sie zeigt Leonie ihr Phone, darauf steht ein Vorschlag der Leoniten)*

854 **LEONIE, LETIZIA, FRANZISKA**
(gleichzeitig) „Kälte-Leugner verreckt!"

855 **LEONIE** Uh, ist das nicht zu krass?

856 **FRANZISKA** Der Vorschlag hat schon 200 Likes! 500 … 700 … das geht rasend schnell!

857 **LETIZIA** Den Leoniten gefällts.

858 **LEONIE** Dann machen wirs. Schreibst du, Letizia?

859 **LETIZIA** *(grinst plötzlich gemein)* Nein. *(Ruft quer durch den Raum)* Tugce? Kommst du mal bitte?

TUGCE steht auf und stößt zu der Gruppe.

860 **LETIZIA** *(honigsüß)* Tugcileinchen, du hast doch so eine schöne Schrift. Schreibst du bitte was für mich?

861 **TUGCE** *(misstrauisch)* Was denn?

862 **LETIZIA** Ein ganz wichtiges Zeichen der Solidarität mit den Schwachen unserer Gesellschaft. *(Sie zeigt Tugce das Smartphone, auf dem der Slogan steht.)*

863 **TUGCE** Was soll das?

864 **LETIZIA** *(scheinheilig)* Wieso? Du bist doch keine Kälte-Leugnerin, oder?

865 **TUGCE** Nein, natürlich nicht!

866 **LETIZIA** Dann dürfte das doch kein Problem für dich sein.

867 **LEONIE** Du könntest damit zeigen, dass du trotz deinem Ausrutscher mit dem Anzug auf der richtigen Seite stehst.

868 **DENISE** Das wäre echt wichtig!

869 **TUGCE** Leute, ich –

TUGCE zögert. Lange, hin- und hergerissen. Für LETIZIA schließlich zu lange. Sie entreißt TUGCE den Stift und beginnt selbst zu schreiben.

870 **LETIZIA** Muss ich mal wieder alles selber machen? *(Drohend zu Tugce)* Das merke ich mir.

Auftritt BEN. Offensichtlich kommt er von ganz draußen, denn er trägt Winterjacke, Schal und Mütze. Allerdings keinen GKS. Großes Erstaunen bei allen. BEN ist offensichtlich sehr beschwingt. Pfeifend zieht er die Jacke aus.

871 **BEN** Moin!

872 **ASSI** Ey Ben, wo warst du, Digger?

873 **DENISE** Warst du draußen?

874 **BEN** Ich war ... in ______ [Stadt der Demonstration]!

875 **FRANZISKA** Wie, in ________?

876 **STANISLAV** *(ehrfürchtig)* Auf der Großdemo!

877 **BEN** Genau!

878 **LETIZIA** Bei den Kälte-Leugnern?!

879 **DENISE** Ohne GKS?!

880 **BEN** Ja! *(Begeistert springt er auf einen Stuhl und ruft einen Slogan der Demo:)* „Freiheit! Mut! Selbstbestimmung!"

Alle (außer TUGCE, STANISLAV und FRANZISKA) kreischen entsetzt auf und bringen sich möglichst weit weg von ihm in Sicherheit.

881 **JUSTIN** *(zieht Denise beiseite, schirmt sie mit seinem Körper ab)* Bist du total verrückt geworden?

882 **LETIZIA** Du bringst die Kälte hier rein!

883 **JUSTIN** Willst du Denise umbringen?

884 **DENISE** *(voll Angst)* Meine Lunge ...!

885 **LEONIE** Schnell, macht Sportübungen!

JUSTIN, LEONIE, LETIZIA, DENISE joggen auf der Stelle und machen Hampelmänner.

886 **ASSI** Digger, dein Ernst?! Wir schwitzen hier im Anzug

bei vernageltem Fenster, und du fährst einfach mal so nach ______? Geht gar nicht!

887 **LETIZIA** Assi, mach mit!

888 **BEN** Leute, so kalt ist es draußen gar nicht! Wir waren Tausende! Und keiner mit Anzug!

889 **LETIZIA** Und darauf bist du auch noch stolz?

890 **LEONIE** Draußen sind -30 Grad! Das ist brandgefährlich!

891 **BEN** Wie ihr seht, ich lebe noch!

892 **LETIZIA** Das ist ein Trick! Du willst dich rächen, wegen gestern!

893 **DENISE** Solche Egotrips killen Menschen!

894 **BEN** Leute, wacht auf, das hier ist eine Riesenverarsche!

895 **STANISLAV** Jaaaa! Hab ich von Anfang an gesagt!

896 **JUSTIN** Haltet die Fresse, alle beide!

897 **LEONIE** Jetzt erst recht!

LEONIE drückt LETIZIA ihr Phone und den Scheinwerfer in die Hand und stellt sich in Positur, das neue Plakat vor der Brust.

898 **LEONIE** *(in die Kamera)* Hallo ihr Lieben und willkommen zur LeoLounge! Es ist so wichtig, gemeinsam ein Zeichen gegen -

899 **BEN** Spinnst du? *(Entreißt ihr das Plakat.)* „Kälte-Leugner verreckt"? Was zum Teufel soll das?

900 **LEONIE** *(kühl)* Typen wie du und deine Nazi-Freunde bringen uns alle in Gefahr!

901 **BEN** Das sind keine Nazis!

902 **LETIZIA** Wohl! Das kam im Fernsehen!

903 **BEN** Ich war doch dort! Da waren Hippies, und Punks, und Omas und Opas, und was weiß ich! Aber doch keine Nazis!

904 **LETIZIA** Du bist total verblendet!

905 **BEN** IHR seid total verblendet!

906 **TUGCE** Bitte, Leute, kommt mal runter!

907 **LEONIE** Du gibst mir sofort das Plakat.

908 **BEN** Nein. *(Er zerreißt das Plakat.)*

909 **LETIZIA** Hey!

910 **LEONIE** Jetzt reicht es, Ben. Wenn du so weitermachst, filme ich dich und poste deine Adresse, und dann hast du ein echtes Problem.

911 **BEN** Drohst du mir etwa?

912 **STANISLAV** *(stellt sich kämpferisch an Bens Seite)* Dann musst du meine auch posten!

913 **LEONIE** Geht klar.

Die Tür fliegt auf. Auftritt ORKAN, im Ganzkörper-Kälteschutz.

914 **TUGCE** Orkan!

915 **JUSTIN** Verdammt, wo warst du?

916 **DENISE** Bist du etwa auch Kälte-Leugner?

917 **LETIZIA** Wehe, du warst auf dieser Demo!

ORKAN antwortet nicht, sondern klettert stumm und verbissen auf den Tisch in der Mitte, richtet sich zu voller Größe auf. DENISE mit den Augen fixierend, öffnet er den Reißverschluss seines Anzugs, holt seinen rechten Arm heraus und erhebt ihn langsam, bis er ausgestreckt zur Decke zeigt. Alle halten den Atem an. Ein Moment zwischen Schockstarre und Heiligenbild, als alle auf der vollen Länge seines Innenarms eine frische breite und sehr lange, rot gezackte Narbe sehen. Er hat das Heizdrahtimplantat.

Black. Vorhang.

Pause

12. Werbespot

Video-Einspielung: Der offizielle Werbespot zur Heizdrahtkampagne des Bundesklimaministeriums. Gut gelaunte PROMIS aus verschiedenen Branchen (Sport, Musik sowie ein/e Astronaut/in) werben mit strahlendem Lächeln für den Heizdraht, untermalt von kitschiger Musik. Alle tragen stolz die Implantatsnarbe auf der vollen Länge ihres rechten Unterarms.

918 **SPORT** *(präsentiert mehrere Medaillen)* Deutscher Meister, Vize-Weltmeister, schließlich Olympia-Gold. Der 100-Meter-Sprint hat mich Lektionen fürs Leben gelehrt: Glaub an deine Träume, bring maximalen Einsatz für ein maximales Ergebnis, und verliere nie dein Ziel aus den Augen. Doch die wichtigste Lektion können wir alle lernen: Das Ziel erreicht man nur gemeinsam. *(Hebt den Arm, präsentiert die Narbe.)* Lass dir einheizen.

919 **MUSIK** *(mit Instrument oder Band im Hintergrund)* Ob auf der Bühne oder im Leben: Ohne meine Band bin ich nichts. Würde ich alles für meine Jungs tun? Klar. Denn ich weiß, sie würden dasselbe für mich tun. In dieser Krise kommt es auf jeden von uns an. *(Singt)* „Wir sind eine Menschheitscrew / Zusammen, Herz an Herz, auch du!" *(Hebt den Arm und präsentiert die Narbe.)* Lass dir einheizen.

920 **ASTRONAUT** *(im NASA-T-Shirt, den Helm unter den Arm geklemmt)* Wer wie ich die Erde aus dem Weltall gesehen hat, vergisst das nie mehr. Unser blauer Planet ist so verletzlich, fragil, zart, zerbrechlich und verwundbar. Und wir mit ihm. Nur mit vereinten Kräften können wir den Klimawandel umkehren und die Temperatur anheben. Deshalb habe ich mich ratschen lassen. Tust du es auch? *(Hebt den Arm und präsentiert die Narbe.)* Lass dir einheizen.

Bildwechsel: Alle drei gemeinsam nebeneinander,

untergehakt auf einer Sommerwiese.

921 **SPORT** Denn eins steht fest:

922 **MUSIK** Ein kleiner Ratsch für mich …

923 **ASTRONAUT** … aber ein großer fürs Klima!

924 **ALLE** Lass dir einheizen!

925 **SPRECHER** *(off)* Brought to you by DigiCorp. Eine Initiative des Bundesklimaministeriums.

13. Sechste Pause

Pausenklingel. Licht an im Pausenraum. LEONIE und LETIZIA richten ein Filmset ein, mit dem Smartphone und dem Scheinwerfer auf Stativen. Eine Musikbox mit dazugehörigem Mikrofon. FRANZISKA befestigt ein neues Plakat im Hintergrund: „Lass dir einheizen!". Immer noch tragen alle außer den drei Abweichlern den GKS.

926 **LEONIE** *(ins Mikrofon)* Test, eins zwo, hallo, hallo.

927 **LETIZIA** Signal kommt an!

928 **FRANZISKA** Dein erster Livestream! Das ist so aufregend!

929 **LEONIE** Wunderbar! Wenn das klappt, mache ich nur noch live. Kann's losgehen? *(Sie stellt sich in Position.)*

930 **LETIZIA** Licht an – Ton an – und drei, zwei, eins, Go.

FRANZISKA startet auf der Musikbox einen Track, der während LEONIEs Begrüßung wie ein improvisierter Jingle im Hintergrund läuft. Es ist ein HipHop-Beat.

931 **LEONIE** Hallo ihr Lieben, und herzlich willkommen zum allerersten Livestream der LeoLounge! Heute ist ein besonderer Tag für mich. Schaut mal hier! *(Stolz präsentiert sie ihre Narbe.)* Ganz frisch von heute morgen! Ist sie nicht schön? Schreibt eure Meinung im Livechat!

Auftritt DENISE und ORKAN. Fröhlich platzen sie in den Raum, ein Postpaket unter dem Arm. Sie scheinen wieder ein Herz und eine Seele zu sein.

932 **DENISE** Post für dich!

933 **LETIZIA** Shhhh! Wir sind live!

934 **LEONIE** Super, dass ihr da seid! Kommt vor die Kamera. Das sind meine guten Freunde Orkan und Denise.

935 **DENISE, ORKAN** *(schüchtern)* Hi.

936 **FRANZISKA** *(am Phone)* Wahnsinn, schon 2000 Zuschauer! Und die ersten schreiben schon im Livechat!

937 **LEONIE** *(warm)* Orkan, du hast dich als allererster aus unserer Klasse „ratschen" lassen, wie man ja inzwischen liebevoll sagt. Was bedeutet dir der Heizdraht?

938 **ORKAN** Äh, ja, also, Freiheit. Der Heizdraht bedeutet Freiheit. Wenn den alle tragen, können wir endlich wieder nach Hause und normal leben.

939 **FRANZISKA** „Glückwunsch, Leonie, du bist so toll! Die Narbe steht dir voll!"

940 **DENISE** Und Schutz!

941 **ORKAN** Genau, damit schütze ich mein Babe.

Er zieht sie liebevoll an sich. Sie quiekt vor Begeisterung über die Aufmerksamkeit.

942 **FRANZISKA** „orkan ist voll süß omg"

943 **DENISE** Ich bin heute auch noch dran, in drei Stunden! Das Mobile Ratschteam ist heute an der Schule und ratscht alle Schüler und Lehrer, in der Turnhalle!

944 **LEONIE** Und genau dort war ich heute morgen schon. Denn das Beste: Unser Rektor hat uns versprochen, dass jede Klasse, in der alle geratscht sind, ab sofort wieder nach Hause darf. Also auch über die Weihnachtsferien!

945 **ORKAN** Oberhammer, darauf freu ich mich sowas von!

946 **LEONIE** Nur gemeinsam kommen wir aus dieser Krise!

947 **LETIZIA** *(streckt ihren Kopf ins Bild)* Wir knacken die 100%!

948 **FRANZISKA** „Du bist voll das Vorbild, Leonie! Herzchen Herzchen! Safe lass ich mich auch ratschen!"

Auftritt BEN, TUGCE und STANISLAV. Sie haben einen Stapel Papiere dabei. Nach einem augenrollen-

den Blick auf das Filmset verziehen sie sich in eine Ecke und sortieren und besprechen diese (lautlos).

949 **LEONIE** *(kühler Seitenhieb auf die drei Neuankömmlinge)* Leider gibt es immer noch Menschen, die das nicht so sehen und den Heizdraht bislang verweigern.

950 **DENISE** Und dabei ist er kostenlos und nebenwirkungsfrei!

951 **STANISLAV** *(ruft aus der Ecke)* Ich hab euch zweimal gewarnt – wer es jetzt noch nicht kapiert hat, ist selber schuld!

952 **LEONIE** *(ignoriert Stanislav)* Letizia, wie war das bei dir?

953 **LETIZIA** Also ich kann nur sagen: Meine Ratschung ist jetzt zwei Stunden her und wie ihr seht – *(noch ein sarkastischer Seitenhieb auf Stanislav)* ich lebe noch! Es ist wirklich ganz easy - nur ein kleiner Eingriff für mich, der aber sooo viel beiträgt! Jeder sollte es tun!

954 **STANISLAV** *(ist angetriggert aufgesprungen)* Rennt ihr nur in euer Verderben! In meinen Körper kommt kein Metall!

TUGCE zieht ihn beschwichtigend wieder auf seinen Platz.

955 **FRANZISKA** „lol was das denn für ein vollhonk, kälteleugner der pisser"

956 **DENISE** Aber Leonie, schau hier, dein Paket ist da! Von Galactic Media!

957 **LEONIE** *(während sie das Paket öffnet)* Ihr Lieben, für alle unter euch, die noch zögern, habe ich ein Anschauungsexemplar bestellt! Das hier ist er – der Heizdraht.

LEONIE zieht ihn aus dem Paket. DENISE weicht unwillkürlich zurück. Mit dickem, glänzenden Metall und vielen hängenden Kabeln sieht er doch größer und bedrohlicher aus, als auch LEONIE lieb ist.

958 **LETIZIA** *(eilig)* Der ist aber überhaupt nicht so gefährlich, wie er vielleicht aussieht!

959 **ORKAN** Und es ist für die Freiheit!

BEN, TUGCE und STANISLAV sind mit dem Sortieren fertig, nicken sich zu. Dann marschieren sie mit drei Einzelstapeln entschlossen und für die Filmenden überraschend direkt vor die Kamera. BEN als Wortführer vorweg.

960 **BEN** So, ich unterbreche mal diese Werbesendung.

961 **LEONIE** Hey!

962 **BEN** *(liest ab)* Hallo an alle die zuschauen, ich und meine Freunde hier halten den Heizdraht für sinnlos und gesundheitsschädlich, und wir haben Material zusammengestellt -

963 **LEONIE** Raus aus meinem Livestream!

964 **BEN** *(fährt unbeirrt fort)* ... mit dem ihr euch selbst ein Urteil bilden könnt. Unsere Hauptpunkte sind -

965 **LETIZIA** Was fällt dir ein!

966 **ORKAN** Digger, was soll das!

967 **STANISLAV** 1. Er richtet im Körper gravierende Schäden an, 2. Er ist reine Geldmacherei der Elektrokonzerne -

LETIZIA, LEONIE und ORKAN schieben mit vereinten Kräften BEN, TUGCE und STANISLAV von der Bildfläche. BEN stemmt sich dagegen und ruft die weiteren Punkte Richtung Kamera.

968 **BEN** 3. Die Nebenwirkungen werden verschwiegen, 4. Wartet nur, bald wird er Pflicht!

969 **LEONIE** Bist du des Wahnsinns? Ich bin live!

970 **LETIZIA** Scheißverschwörungstheorien!

971 **BEN** *(nun von der Bildfläche gedrängt)* Einer muss es sagen!

972 **STANISLAV** Genau!

Auftritt ASSI und JUSTIN. Sie kommen direkt von der Ratschung; sehen aber etwas schlapp aus. Das kommt den Filmenden als Ablenkung sehr gelegen, schnell stürzen sie sich auf dieses neue Thema und tun, als ob nichts gewesen wäre.

973 **DENISE** Justin! Assi!

974 **LEONIE** Und hier kommen die nächsten Helden! Direkt von der Ratschung. Kommt her! Wie wars?

DENISE, ORKAN, LETIZIA und LEONIE jubeln aufmunternd und applaudieren. ASSI und JUSTIN freuen sich darüber, ASSI versucht eine ironische Siegerpose. LETIZIA führt die beiden direkt vor die Kamera. STANISLAV, BEN und TUGCE vorerst geschlagen, aber abwartend am Spielfeldrand, mit verschränkten Armen.

975 **ASSI** Boah, yo, was soll ich sagen. We did it. Alter, ist das aber normal, ich hab Schmerzen bis hier. *(Zeigt den ganzen Arm bis quer über die Brust)*

976 **STANISLAV** Hört, hört!

977 **LETIZIA** *(schnell und eifrig)* Das ist völlig normal! War bei mir auch so, das geht vorbei!

978 **ORKAN** Ja mann, der Körper muss sich erst daran gewöhnen.

979 **DENISE** Es ist so schön warm in eurer Nähe!

980 **JUSTIN** *(wedelt plötzlich hilflos mit den Armen)* Stuhl, Stuhl!

DENISE bringt schnell einen Stuhl, auf den er sich fallen lässt. Offensichtlich ist ihm schwer schwindelig.

981 **DENISE** *(besorgt und voll im Kümmermodus)* Justin, mein Armer, was ist mit dir?

982 **JUSTIN** Verdammt, ich krieg kaum Luft.

983 **BEN** Checkt ihrs immer noch nicht?

984 **LEONIE** DU checkst es nicht! – Das ist ein gutes Zeichen! Justin und Assi, ihr könnt echt glücklich sein. Das heißt, der Heizdraht funktioniert und wird von euren Körpern besonders gut angenommen!

985 **LETIZIA** Ja, je mehr Strom fließt, desto unwohler. ABER desto größer der Heizeffekt!

986 **LEONIE** Ich bin etwas neidisch. Mir ging es nicht so schlecht.

987 **BEN** Hört ihr euch eigentlich selber zu?!

988 **DENISE** *(kümmert sich weiter um Justin)* Du bist so tapfer! Soll ich dir was zu trinken bringen?

989 **ORKAN** Ich hatte übrigens auch ganz schöne Schmerzen danach.

990 **DENISE** *(streicht Orkan flüchtig übers Haar)* Du warst auch tapfer.

991 **ORKAN** Hallo?!

Die allgemeine Aufregung nutzt BEN, um sich direkt wieder vor die Kamera zu drängen.

992 **BEN** *(in die Kamera)* Diese ganze Sache stinkt zum Himmel! Die Maßnahmen unterdrücken die Bevölkerung, aber alle machen blind mit! Das ist faschistisch!

993 **STANISLAV** Und totalitär!

994 **LEONIE** Verschwindet sofort aus meinem Livestream! Justin!

995 **JUSTIN** *(erhebt sich schwankend, aber drohend)* Wollt ihr auf die Fresse?

JUSTINs Smartphone klingelt. Nach einem letzten drohenden Fingerzeig nimmt er es aus seiner Hosentasche und geht abseits, um zu telefonieren, immer noch schwummrig, was auch für den Rest der Szene so bleibt.

996 **JUSTIN** *(ins Telefon)* Hallo?

997 **LEONIE** *(drängt Ben wieder von der Bildfläche, mit unterdrückter Wut betont fröhlich in die Kamera)* Tja meine Lieben, so sieht es aus, wenn Kälte-Leugner sich radikalisieren.

998 **STANISLAV** Radikal? Wer ist hier radikal?

999 **JUSTIN** *(wird kreidebleich, ins Telefon)* Was?

1000 **TUGCE** Ruhe, Leute! Ruhe!

Alle halten inne, die ganze Aufmerksamkeit verlagert sich auf JUSTIN, der immer noch fassungslos stammelnd in sein Telefon hört.

1001 **JUSTIN** Wie ... wie ist es passiert? (...) Und wo ist sie jetzt? (...) Was, Intensivstation? (...) Ich ... ich weiß nicht, ich ... ich versuche es.

JUSTIN lässt das Telefon sinken, völlig aufgelöst. Jetzt erst bemerkt er, dass alle anderen ihn anstarren.

1002 **TUGCE** Justin, was ist passiert?

1003 **JUSTIN** Nix.

1004 **LEONIE** Justin?

1005 **JUSTIN** Ich muss raus hier!

1006 **DENISE** Was ist denn los?

1007 **TUGCE** Justin, ist was mit deiner Mutter?

1008 **JUSTIN** Hört auf zu glotzen!

1009 **TUGCE** Justin!

1010 **JUSTIN** Das war gerade das Krankenhaus, okay? Sie ist auf der Intensiv, es sieht nicht gut aus. Ich muss zu ihr, sofort!

1011 **ASSI** Shit, mann, was ist mit ihr?

1012 **JUSTIN** Keine Ahnung! Sie lag im Bad, okay? Mit Fenster offen. Sie ist im Koma, okay?

1013 **TUGCE** Oh Gott. Überdosis?

1014 **DENISE** *(panisch)* Die Kälte!

1015 **JUSTIN** Fuck, ich muss zu ihr!

1016 **STANISLAV** Überdosis?

Erst jetzt merkt TUGCE erschrocken, dass sie sich verplappert hat. Auch JUSTIN ist es maximal unangenehm, dass alle ihn nun anschauen, aber er versucht seine Scham zu unterdrücken.

1017 **TUGCE** Oh nein, Justin, es tut mir leid.

1018 **JUSTIN** *(rüde)* Sie – hat zur Zeit ein paar Probleme, okay? Ich muss zu ihr, sofort!

1019 **LETIZIA** Dafür müssen wir alle geratscht sein!

1020 **FRANZISKA** Soll ich den Livestream ausmachen?

1021 **JUSTIN** Sind wir das denn noch nicht? Wer hat das Ding jetzt schon?

JUSTIN, LEONIE, LETIZIA, ORKAN, DENISE und ASSI melden sich.

1022 **DENISE** *(eifrig und entschuldigend)* Ich bald auch, heute noch!

Es fällt sehr deutlich auf, dass STANISLAV, BEN und TUGCE sich nicht melden. Alle sehen sie an. Nur FRANZISKA ist im Hintergrund mit LEONIEs Aufnahmephone auf dem Stativ beschäftigt und hat die Frage wohl gar nicht gehört.

1023 **TUGCE** Können wir beim Rektor nicht nach einer Ausnahme für Justin fragen?

1024 **LETIZIA** Herr Endres war sehr deutlich: Nur bei 100% Ratschquote!

1025 **TUGCE** Aber das hier ist doch ein Notfall!

1026 **LETIZIA** Keine Ausnahmen! Hat er extra gesagt! Da könnte ja jeder kommen!

1027 **BEN** Geh einfach heimlich, Justin, ich deck dich!

1028 **ORKAN** Wie denn, du Vollhonk? Seit deiner Aktion mit dieser Demo sind die Türen und Fenster alle alarmgesichert!

1029 **JUSTIN** Ich muss zu ihr!

1030 **FRANZISKA** Stoppt jemand mal den Livestream? Das Phone ist gesperrt.

1031 **ASSI** Digger, lasst euch doch schnell ratschen, dann ist die Sache erledigt!

1032 **DENISE** Tut es für Justin!

1033 **TUGCE** Justin, es tut mir so leid. Aber ich kann das nicht.

1034 **JUSTIN** Tugce, bitte!

1035 **TUGCE** Ich mache immer alles für andere, immer. Aber das ist mir echt zu krass.

1036 **ASSI** Dein Ernst? Egotrip jetzt?

1037 **TUGCE** Es geht doch um meinen Körper!

1038 **JUSTIN** Sie liegt im Sterben, mann! Wollt ihr echt verhindern, dass ich zu ihr kann?

1039 **BEN** Hör mir zu, Bro -

1040 **JUSTIN** Ich bin nicht dein Bro!

1041 **BEN** Warum sind wir jetzt die Bösen? Weil wir nicht mitmachen? Dass sie dich und uns alle hier einsperren, das ist böse!

1042 **LETIZIA** Das ist nicht böse, das ist Solidarität!

1043 **BEN** Es ist Erpressung, checkt ihr das nicht?

1044 **ASSI** Kommt, nur ein Ratsch, und die Sache ist gegessen!

1045 **STANISLAV** Hört euch unseren Vortrag an!

1046 **ORKAN** *(jetzt ziemlich wütend)* Einen Scheiß werden wir! Wir könnten alle schon längst wieder zuhause sein! Aber ihr blockiert alles! Das ist so unfair!

JUSTIN hat sich während der Diskussion in eine Ecke zurückgezogen und versucht verzweifelt, das Gesicht in den Händen vergraben, mit der Situation und seinen Gefühlen klarzukommen.

1047 **LEONIE** Wenn alle mitmachen, ist die Kälte im Nu vorbei!

1048 **LETIZIA** Genau!

1049 **BEN** Aber die Freiheit -

1050 **ORKAN** Freiheit?! Ihr nehmt UNS die Freiheit!

Die Diskussion wird von lauter Musik unterbrochen, ein harter HipHop-Beat. ASSI, angetriggert und nur noch genervt von der Diskussion, hat LEONIEs Musikbox wieder angestellt. Weil alle ihn ansehen, nimmt er schließlich das am Boden liegende Mikrofon für ein Statement.

1051 **ASSI** *(freestylt auf den Beat)*
Alter sorry, hab kein Bock mehr auf dich
Du laberst Müll und denkst nur an dich.

1052 **DENISE** Genau, das ist so unsolidarisch!

1053 **BEN** Bro, was soll das?

1054 **ASSI** Sorry, deine Meinung geht einfach gar nicht.

BEN will was sagen, aber ASSI dreht die Musik noch lauter, damit man ihn nicht hört. Schließlich greift sich BEN das Mikro und antwortet rappend.

1055 **BEN** Digger mann, was soll das,
viel Respekt kriegt das hier nicht,
Wenn du Eier in der Hose hast,
dann Digger, battle mich.

1056 **ASSI** Was?

1057 **BEN** Komm schon, wie früher!

1058 **TUGCE** Ihr habt Rap-Battles gemacht?

1059 **ASSI** Digger …

1060 **BEN** Lass uns das klären, ein für alle Mal!

1061 **DENISE** Gibs ihm, Assi!

1062 **ORKAN** Assi, hau rein, Mann.

BEN reicht ihm herausfordernd das Mikro. ASSI nimmt es etwas widerstrebend an. Im Folgenden entspinnt sich eine Rap-Battle. Nach jedem Rap gibt es Zustimmung, Gejohle und Applaus von den Supportern der jeweiligen Meinung. Es ist aber definitiv keine Partyveranstaltung, sondern Ernst, der auch immer kämpferischer und verbissener wird.

1063 **ASSI** Ben, Ben, Ben … Du enttäuschst mich,
Bro, und das hart
Warst immer vernünftig am Start
Was ist aus dir geworden und wie
Kommst du zu dieser Scheißtheorie?

1064 Du liest zuviel Telegram und BILD
Das hat deine Hirnzellen gekillt
Alter, dein Hirn wird zu Matsch
Es ist nur ein Ratsch

1065 **BEN** Es ist nur ein Ratsch, das sagst du und grinst
Und denkst, dass du die Freiheit
damit wiedergewinnst
Bro, ich sags ungern, der Gedanke ist Shit
Du bist blind, Bro, denn um was es hier geht,
ist Profit

1066 Wenn alle brav folgen, dann endet es nie
Für euch, der feuchte Traum
der Heinzdrahtindustrie
Hinter der Trommel her trotten die Kälber
Ratsch dich doch selber

1067 **ASSI** Ey Ben, chill deine Rolle, was geht
und entspann dich, Mann, mal konkret
Klar ist vieles hier Schmuh
Bro, bin genauso kritisch wie du

1068 Aber was bringt dein Rebellenshit
Nur Stress und keiner sonst macht mit
Alter, dein Hirn wird zu Matsch
Es ist nur ein Ratsch

1069 **BEN** Digger, glaub ich hör nicht recht,
das ist dein Argument?
Seit wann ist für dich relevant,
wohin die Masse rennt?
Seit wann ist was die Masse sagt
stets richtig und neutral
und nicht total national,
kolonial bis zum Skandal

1070 Ku Klux Klan, Contergan,
„es war nicht alles schlecht"
Gestapo, Gott will es so,
die Partei hat immer recht
Wenn alle sagen: Spring vom Dach,
das tut doch gar nicht weh
Dann bist du wohl der erste rote Fleck
auf der Chaussee
Was tausend Fliegen super finden,
kann das Scheiße sein?
Wenn tausend Nazis brüllen,
schlägst auch du auf Juden ein!

1071 **ASSI** Also das ist jetzt echt übertrieben, Ben!

1072 **LETIZIA** Das ist antisemitisch!

1073 **BEN** Ich bin übertrieben und antisemitisch?
Du bist getrieben und viel zu unkritisch
Wo fängt es an und wie hört es auf
Wann eskaliert es und wer zum Teufel hält es auf?

1074 Muss sich erst alles wiederhol'n
Warum tust du wie dir befohl'n?
Hinter der Trommel her trotten die Kälber

Ratsch dich doch selber

1075 **JUSTIN** Jetzt reichts aber!

1076 **DENISE** Aufhören!

1077 **BEN** „Wollt ihr den totalen Schutz?"
und alle schreien: Ich!
Ihr werdet hier zu Nazis, aber Folks,
ihr merkt es nicht
Wer hat denn damals
6 Millionen Juden umgebracht?
Ich sag's euch wie es ist –
ihr hättet alle mitgemacht!

Entsetzter Aufschrei, große Empörung bei allen, selbst STANISLAV und TUGCE saugen erschrocken die Luft ein.

1078 **LETIZIA** Wie bitte?

1079 **LEONIE** Du vergleichst das hier jetzt nicht ernsthaft mit dem Holocaust!

1080 **ASSI** Alter, spinnst du komplett?

1081 **JUSTIN** *(sieht rot)* Ich hab jetzt genug von dem Scheiß!

JUSTIN marschiert wütend auf BEN zu, schlägt ihm das Mikro aus der Hand und nimmt ihn brutal in den Schwitzkasten. Wieder schreien alle entsetzt auf, große Aufregung.

1082 **JUSTIN** Ich implantier dir das Ding höchstpersönlich, du Wichser! Meine Mom liegt im Koma, und du nennst mich Nazi!

1083 **TUGCE** Justin, nein!

1084 **JUSTIN** Wer ist hier Nazi, du Arsch, he?

Alle schreien empört durcheinander, aber niemand traut sich, einzugreifen. Nur TUGCE ergreift den Mut der Verzweiflung und schreitet ein.

1085 **TUGCE** Justin! Hör auf oder ich geh zum Rektor!

1086 **JUSTIN** Mir scheißegal! Der Dreckspisser hier -

1087 **TUGCE** *(entschlossen)* Ich gehe zu Herrn Endres und sage ihm, dass ich deine Hausaufgaben schreibe!

1088 **JUSTIN** *(hält geschockt inne)* Was?

1089 **TUGCE** Lass ihn los! Sofort!

JUSTIN sieht ein, dass er in der Klemme sitzt. Widerwillig stößt er BEN von sich, der nach dem Klammergriff nach Luft ringt.

1090 **STANISLAV** Deine Hausaufgaben?

1091 **JUSTIN** Ihr seid das Letzte!

JUSTIN greift sich wütend den noch halbvollen Bierkasten und stürmt damit aus dem Raum. Pausenklingeln. Für ein paar Sekunden sind alle noch in Schockstarre. Während STANISLAV und TUGCE sich um BEN kümmern, nehmen die Anderen schweigend ihre Schultaschen und verlassen den Raum, mit kalten Blicken.

1092 **LEONIE** *(blickt sich im Abgehen noch einmal um, kalt)* Das Allerletzte.

Mit etwas Abstand und deutlich zögerlicher auch TUGCE, STANISLAV und BEN ab. FRANZISKA, die während des ganzen Geschehens abseits stand, bleibt allein zurück.

1093 **FRANZISKA** Oh-oh.

Black.

14. Nachrichten aus der Kälte 6

Video- oder Audioeinspielung. Eine Fernsehsendung, wie Frühstücksfernsehen, mit dem Moderationsduo WERNER und STEFANIE. Sie senden weiter aus ihren Privatwohnungen, beide im GKS. Jingle.

1094 **WERNER** Guten Morgen Deutschland, und willkommen zur Latenight-Ausgabe von VTV Voll eingeschenkt, der solidarischsten Fernsehsendung Deutschlands! Wir sind immer noch eingesperrt in unseren Wohnungen, genau wie Sie ja auch, liebes Publikum! Aber das kann sich demnächst ändern, nicht wahr Stefanie?

1095 **STEFANIE** Absolut, Werner. Denn der Digicorp Heizdraht schlägt ein wie eine Bombe. Millionen Menschen sind derzeit auf dem Weg in die Autowerkstätten, um sich das lebensrettende Implantat einsetzen zu lassen. Experten beziffern die Ratschquote bei derzeit 70%.

1096 **WERNER** Und wenn die Temperaturen dadurch wieder steigen ...

1097 **STEFANIE** Ganz genau, Werner. Dann werden alle Beschränkungen des Kälte-Lockdowns endlich aufgehoben.

1098 **WERNER** Das klingt ja fantastisch, Stefanie! Um wieviel Grad sind die Temperaturen denn bereits gestiegen?

1099 **STEFANIE** Ganz im Gegenteil, Werner. Die Temperaturen sind erneut gefallen. Auf minus 54 Grad!

1100 **WERNER** Wie, trotz Heizdraht?

1101 **STEFANIE** Nun, Werner, das zeigt nur, wie dringend wir den Heizdraht brauchen!

1102 **WERNER** Aber wir haben doch schon 70% -

1103 **STEFANIE** Das ist eben einfach noch nicht genug, Werner. Deshalb, liebe Zuschauerinnen und Zuschauer: Seien Sie solidarisch, gehen Sie zur Ratschung!

1104 **WERNER** Auch wenn es offensichtlich wenig bringt, haha!

1105 **STEFANIE** *(eisiges Schweigen)*

1106 **WERNER** Äh.

1107 **STEFANIE** Denn du weißt ja, Werner: Nur Rechtsextreme verweigern den Heizdraht! Und du bist doch kein Rechtsextremer. Oder?

1108 **WERNER** Äh. Haha. Ha.

1109 **STEFANIE** Also, liebes Publikum: Kennen Sie noch Ratschverweigerer? Es wird Zeit, sie zur Einsicht zu bringen! Immer daran denken: Gemeinsam gegen die Kälte – lass dir einheizen!

Abschlussjingle.

15. Siebte Pause

Black. Es ist Nacht im Schlafsacklager. Leise wird die Tür geöffnet. Flüstern, Schleichschritte in der Dunkelheit, Taschenlampen zucken. Dann hört man ein geflüstertes „3-2-1-los!" und auf einmal wird die Szenerie laut. Schreie, ein wütendes Handgemenge, viele „Hey!" ,"Ich hab ihn!" ,"Lasst mich los!", „Gibs ihm!".

1110 **LETIZIA** *(scharf)* Alles bereit für den Livestream? Licht!

LETIZIAs Scheinwerfer wird angeknipst. Sein gleißendes Licht fällt auf TUGCE, STANISLAV und BEN, die gefesselt und mit Klebeband vorm Mund vor dem Rest der Klasse knien, im Schlafanzug mit zerzausten Haaren, verängstigt. LEONIE filmt. FRANZISKA, die düstere Vorahnungen hat, kauert in der Ecke und macht nicht mit, den Schlafsack bis zur Nase hochgezogen. Die Anderen sind in aggressiver Stimmung. JUSTIN fehlt.

1111 **DENISE** *(gemein)* Licht läuft!

1112 **LETIZIA** MakeUp!

Grob packen DENISE und ASSI die drei und beschmieren ihre Gesichter mit dickem schwarzem Edding: „NAZI", Hakenkreuz etc.

1113 **LETIZIA** Ton!

ASSI reißt BEN das Tape vom Mund und schnauzt ihn rüde an.

1114 **ASSI** Sag was, du Penner!

1115 **BEN** Was macht ihr da? Wir haben nichts -

1116 **ASSI** Reicht! *(Er klebt ihm den Mund wieder zu)* Ton läuft.

1117 **LETIZIA** Dann sind wir jetzt live. Der Prozess ist hiermit eröffnet!

1118 **LEONIE** *(moderiert in die Kamera)* Hallo ihr Lieben. Auf vielfältigen Wunsch und aus aktuellem Anlass sorgen wir heute für Gerechtigkeit. Wir haben hier -

1119 **ASSI** Drei Nazi-Schweine!

1120 **DENISE** Oink oink!

1121 **LETIZIA** Ruhe!

1122 **LEONIE** Das hier ist eine Gerichtsverhandlung nach demokratischen Standards. Wir sind hier, um die drei Angeklagten auf den richtigen Weg zurückzuführen, oder aber wir verhängen eine angemessene Strafe!

1123 **DENISE** Sollten wir nicht Justin dazurufen?

1124 **ORKAN** Auf gar keinen Fall!

1125 **DENISE** Aber -

1126 **ORKAN** Das gibt Mord und Totschlag!

1127 **ASSI** Na und?

1128 **LEONIE** Ruhe! Wir haben hier demokratische Standards! Die Angeklagten haben das Wort!

ASSI reißt den dreien das Tape vom Mund. TUGCE bricht fast augenblicklich zusammen, BEN hält sich bewusst würdevoll aufrecht. STANISLAV tut es ihm gleich, wenn auch deutlich nervöser.

1129 **TUGCE** *(verängstigt)* Wieso macht ihr das? Bitte, wir haben nichts getan!

1130 **BEN** Tugce. Sag einfach nichts.

1131 **TUGCE** Aber wir haben doch nichts getan!

1132 **BEN** *(nüchtern)* Das spielt gerade keine Rolle.

1133 **ASSI** *(aufgebracht)* Nichts getan? Dein fucking Ernst?

1134 **LETIZIA** Ganz genau, NICHTS habt ihr getan! Keine Ratschung, kein GKS, alles was ihr tut ist Verweigern!

1135 **BEN** *(ruhig)* Was wollt ihr von uns?

LETIZIA, DENISE, ASSI stöhnen auf, maximal genervt.

1136 **ASSI** *(wütend)* Checkst du's immer noch nicht?

1137 **LETIZIA** Ihr sollt euch ratschen, verdammt nochmal!

1138 **LEONIE** Ruhe! Jetzt kommt Anklagepunkt 1. Assi hat das Wort!

1139 **ASSI** *(bringt aufgebracht seinen Punkt vor)* Ich will eine Entschuldigung. Öffentlich. Ben, du warst mein Bruder, und jetzt nennst du mich Nazi? Im Livestream? Was läuft falsch bei dir?

1140 **BEN** Bro, ich -

1141 **STANISLAV** *(mischt sich aufgebracht ein)* Dafür kriegst du nie eine Entschuldigung! Und weißt du auch, warum? Weil es stimmt! Ihr werdet zu Nazis, merkt ihr das nicht? Ihr seid Faschisten! Adolf wäre stolz auf euch!

1142 **ASSI** Halt dein Maul!

1143 **LETIZIA** Keine Bühne für Holocaustrelativierer! Leonie!

1144 **STANISLAV** Freiheit ist immer die Freiheit des Andersdenkenden!

1145 **LEONIE** Nicht, wenn der die Anderen gefährdet. Tape!

1146 **STANISLAV** Das ist keine Demokra-

ASSI klebt ihm mit dem Tape den Mund wieder zu.

1147 **TUGCE** *(den Tränen nahe, sie versteht die Welt nicht mehr)* Warum tut ihr das?

1148 **BEN** Ganz ruhig, Tugce. - Hört mal her, mein Vater -

1149 **DENISE** Nicht schon wieder!

1150 **BEN** - mein Vater hat -

1151 **LETIZIA** Niemand will das hören!

1152 **BEN** Ich knicke jedenfalls nicht ein!

1153 **LEONIE** Orkan – hol Justin.

1154 **DENISE** Endlich!

1155 **ORKAN** *(sehr zögerlich)* Ist das wirklich so eine gute Idee?

1156 **DENISE** *(mit Nachdruck)* Justin MUSS hier dabei sein.

1157 **ORKAN** Nach dem Anruf gerade ...? Der ist doch völlig –

1158 **DENISE** Orkan!

ORKAN fügt sich widerstrebend und öffnet vorsichtig die Tür.

1159 **ORKAN** Justin?

Noch bevor man JUSTIN sieht, hört man ihn. Er ist besinnungslos vor Wut, tobt und brüllt. Hat offensichtlich auch schon ordentlich von seinem Bier intus, was sich bei ihm aber nicht durch Lallen oder Schwanken zeigt, sondern durch ungehemmte Aggression.

1160 **JUSTIN** *(brüllt)* Wo sind die Wichser! Ich bring sie um!

JUSTIN stürmt in den Raum und sofort auf die drei Gefesselten zu. Auf LEONIEs Zeichen hin springen ORKAN, ASSI und LETIZIA sofort auf und halten ihn mit vereinten Kräften und unter beruhigenden Worten zurück. DENISE heizt ihn unterdessen mit ihren Einwürfen eher noch an.

1161 **JUSTIN** *(brüllt)* Ich kill euch, ihr Spasten!

1162 **LEONIE** Das ist ein demokratischer Prozess! Anklagepunkt 2.

1163 **DENISE** Gerechtigkeit für Justin!

1164 **TUGCE** Justin, was ist mit dir?

1165 **JUSTIN** Halt dein verdammtes Drecksmaul! Sie ist tot, das ist mit mir!

1166 **TUGCE** *(tief betroffen)* Was?

1167 **JUSTIN** Vor einer Stunde! Ist sie gestorben! Allein! Und nur wegen euch, ihr Hurensöhne!

1168 **TUGCE** Mein Gott Justin, das tut mir so leid! Ich -

1169 **JUSTIN** Halt die Fresse! Ich kann deine scheinheilige Scheiße nicht mehr hören!

1170 **DENISE** Genau, hör nicht auf sie, Justin!

1171 **JUSTIN** Wenn ich bei ihr gewesen wäre, wär das alles nicht passiert!

1172 **ORKAN** Hey, beruhig dich, Justin!

1173 **TUGCE** Justin, ich fühle mit dir -

1174 DENISE Sie ist an der Kälte gestorben!

1175 **JUSTIN** Verdammte Scheiße, ich konnte nicht mal Tschüss sagen!

1176 **DENISE** Das ist so brutal!

1177 **LEONIE** Also, wir sind jetzt hier versammelt, um -

1178 **JUSTIN** Und alles nur, weil ihr nicht geratscht seid! Verstehst du das, du Pisser?

Um eine Antwort zu erzwingen, reißt JUSTIN STANISLAV das Tape vom Mund.

1179 **STANISLAV** Ähm ... Also. Wenn ich das recht sehe, ist doch gar nicht erwiesen, ob sie an der Kälte gestorben ist? Ich meine, war sie nicht ein Junkie?

1180 **BEN** *(sieht das Unausweichliche kommen)* Stannis, nein!

1181 **JUSTIN** *(brüllt)* Ich bring dich um!

Zu spät. JUSTIN tickt völlig aus und schlägt STANISLAV ungebremst mit der vollen Faust ins Gesicht.

STANISLAV fällt um wie ein Sack. JUSTIN stürzt sich auf ihn, blind vor Hass, klettert rittlings auf ihn. ORKAN versucht, ihn daran zu hindern; zerrt ihn von STANISLAV.

1182 **ORKAN** Verdammt, lass das, Justin!

Doch JUSTIN ist außer sich. Er windet sich aus ORKANs Griff, schlägt ihm brutal in den Magen und klettert wieder auf STANISLAV, um ihn mit den Fäusten zu bearbeiten. TUGCE schreit vor Entsetzen und Angst und bricht nun endgültig zusammen.

1183 **TUGCE** Nein! Hör auf! Ich tu's! Ich tu's!

1184 **BEN** Tugce, nein!

1185 **LEONIE** Tust was?

1186 **TUGCE** Ratschen, ich lass mich ratschen! Aber hör auf!

1187 **LEONIE** *(will es nochmal hören)* WAS tust du?

1188 **BEN** Mach das nicht, Tugce!

1189 **TUGCE** Ich lasse mich ratschen! Gleich morgen früh! Aber bitte, bitte hör auf!

Die Aufmerksamkeit aller fokussiert sich nun auf TUGCE. LEONIE hält Scheinwerfer und Kamera direkt auf sie im Mega-CloseUp; DENISE, LETIZIA und ASSI rücken ihr nah auf die Pelle, schirmen sie dabei von BEN ab. Auch JUSTIN hat vorerst von STANISLAV abgelassen, der unter ihm im Dunkeln liegt und um Fassung ringt. Nur ORKAN hat sich angewidert abgewandt, noch gekrümmt von dem Magenschlag, und lässt sich neben FRANZISKA in ihrer Ecke an die Wand sinken, offensichtlich wieder nahe an einem Panikschub. TUGCE weint nun ungehemmt, völlig verstört und eingeschüchert.

1190 **LEONIE** Du willst also zu uns zurück?

1191 **TUGCE** Ja! Ja!

1192 **DENISE** Erst muss sie sich bei Justin entschuldigen!

1193 **TUGCE** Justin, es tut mir so leid, dass deine Mutter gestorben ist.

1194 **JUSTIN** Ach ja?

1195 **TUGCE** Ja!

1196 **DENISE** Wegen dir! Sag es!

1197 **TUGCE** Wegen mir.

1198 **LEONIE** Er kann dich nicht hören!

1199 **BEN** Hört auf!

1200 **TUGCE** Justin, es tut mir leid, dass deine Mutter tot ist, wegen mir!

1201 **LEONIE** Lauter!

1202 **TUGCE** *(heult)* Justin, es tut mir leid! Ich bin schuld!

1203 **DENISE** WER ist schuld?

1204 **TUGCE** Ich! Ich! Ich allein! Es tut mir leid, Justin!

1205 **BEN** Tugce, das ist Erpressung, spiel da nicht mit!

1206 **JUSTIN** *(haut ihm eine runter)* Schnauze!

1207 **LETIZIA** Distanzierst du dich von den Verschwörungsmythen?

1208 **TUGCE** Ja! Ich habe damit nichts zu tun!

1209 **LEONIE** Distanzierst du dich von denen, die sie verbreiten?

1210 **TUGCE** *(zögert)*

1211 **ASSI** Sag es!

1212 **STANISLAV** Bleib stark, Tugce!

TUGCE zögert weiter. Erneut reißt JUSTINs kurze Zündschnur.

1213 **JUSTIN** Jetzt reichts! *(Dreht sich wieder zu Stanislav, will ihm noch eine reinschlagen)*

1214 **TUGCE** *(schnell, verzweifelt)* Ja! Ich distanziere mich!

1215 **LEONIE** Wir haben dich nicht gehört!

1216 **TUGCE** Ich distanziere mich! Ich will nie mehr mit denen zu tun haben!

1217 **ASSI** Mit wem!

1218 **BEN** Tugce! Es ist ok.

1219 **TUGCE** *(unter Tränen)* Mit Ben und Stannis! Bitte, ich will wieder zur Klasse gehören! Bitte!

1220 **LETIZIA** Hältst du dich ab jetzt an die Kälteschutzmaßnahmen?

1221 **TUGCE** Ja! Ich befolge alle Maßnahmen!

1222 **LETIZIA** *(bohrt nach)* Welche?

1223 **TUGCE** GKS, ich ziehe den GKS an. Und ich mache Sport, immer. Die Maßnahmen sind wichtig.

1224 **ASSI** Und der Heizdraht!

1225 **TUGCE** *(gebrochen)* Gleich morgen früh, ich verspreche es.

1226 **STANISLAV** Tugce ...

1227 **LETIZIA** *(befriedigt)* Ist das Verfahren hiermit geschlossen, Frau Richterin?

1228 **LEONIE** Die Gerechtigkeit hat gewonnen.

Jubel. LEONIE schaltet sofort in einen anderen Modus um. Nun, da TUGCE Abbitte geleistet hat, nimmt LEONIE sie gnädig und großzügig wieder in die Klassengemeinschaft auf. Sie gibt ASSI ein Zeichen, der TUGCE die Fesseln abnimmt. LEONIE richtet sie auf und umarmt sie, warm und feierlich.

1229 **LEONIE** Willkommen zurück, Sister.

DENISE, LETIZIA und ASSI umarmen TUGCE nun ebenfalls freudig und liebevoll, mit entsprechenden Kommentaren („Hab dich lieb, Tugce“, „Das war so toll von dir"). TUGCE ist während dieser Aktion gelähmt vor Scham, über die Heuchelei der Situation und über sich selbst; sie lässt alles stocksteif über sich ergehen, ohne aufzublicken.

1230 **LEONIE** *(in die Kamera)* Liebe Leoniten, heute nacht hat hier die Solidarität gesiegt, und der Zusammenhalt. Und sie werden am Ende immer gewinnen! Gute Nacht euch allen! - Und cut. *(Liebevoll zu Tugce)* Komm, Sister, wir gehen jetzt alle gemeinsam ins Bad und waschen dir diesen Quatsch aus dem Gesicht.

LEONIE, LETIZIA, DENISE und ASSI ab, aufgedreht schwatzend, euphorisch von ihrem Erfolg. TUGCE, die sowieso nur widerstrebend mitgegangen ist, bleibt auf halbem Weg stehen und dreht sich zu JUSTIN um, der immer noch rittlings auf STANISLAV sitzt, dumpf vor sich hinbrütend.

1231 **TUGCE** Justin ...

JUSTIN starrt noch eine Sekunde vor sich hin, weiß nicht was er sagen soll. Dann knurrt er nur, lässt abrupt von STANISLAV ab und stapft an ihr vorbei ins Bad, stößt im Vorbeigehen bewusst noch einmal den knieenden BEN. TUGCE trottet hinter ihm her, erschöpft wie nach einer Schlacht. BEN ruft ihr nach; sie bleibt im Türrahmen noch einmal stehen, allerdings ohne sich umzudrehen.

1232 **BEN** Tugce. - Es ist okay.

1233 **DENISE** *(off)* Tugcilein! Kommst du?

TUGCE wortlos ab. Black.

16. Nachrichten aus der Kälte 7

Video- oder Audioeinspielung. Eine Fernsehsendung, wie Frühstücksfernsehen, mit Moderatorin STEFANIE und ihrem neuen Kollegen JULIEN, einem äußerst schleimigen Schnösel. Sie senden aus ihren Privatwohnungen, beide im GKS. Jingle.

1234 **STEFANIE** Guten Morgen Deutschland, und willkommen bei VTV Voll eingeschenkt, Ihrem Frühstücksfernsehen gegen die Kälte! Heute morgen darf ich Ihnen vorstellen: Meinen neuen Moderationskollegen Julien.

1235 **JULIEN** Auch von mir ein herzliches „Guten Morgen Deutschland"! Ich freue mich, Ihnen ab heute an Stefanies Seite Ihre Lieblingssendung zu präsentieren! An dieser Stelle auch einen herzlichen Dank an meinen überaus geschätzten und beliebten Vorgänger, äh -

1236 **STEFANIE** Werner.

1237 **JULIEN** - Werner. Wir bedauern, dass es hier in letzter Zeit zu einigen, äh, inhaltlichen Differenzen gekommen ist, und möchten Ihnen versichern: Uns können Sie vertrauen. Wir sind selbstverständlich beide geratscht -

Die beiden präsentieren ihre Ratschnarben.

1238 **STEFANIE** - oh ja! Und solidarisch mit Ihnen verbunden in unserem gemeinsamen Bestreben, den Klimawandel umzukehren.

1239 **JULIEN** 65 Millionen Deutsche haben inzwischen - gemeinsam mit uns! - dieses solidarische Zeichen gegen die Kälte gesetzt. Eine starke Zahl, Stefanie!

1240 **STEFANIE** Absolut, Julien. Doch wie kommt es, dass wir trotzdem weiter im Kälte-Lockdown leben müssen? Dafür ist uns nun zugeschaltet: Herr Klimaminister Leiserberg. Guten Morgen Herr Leiserberg!

1241 **LEISERBERG** Guten Morgen ins Studio.

1242 **STEFANIE** Herr Leiserberg, 65 Millionen – ist das nicht eine starke Zahl?

1243 **LEISERBERG** Leider noch nicht genug für einen so mächtigen Gegner wie den Klimawandel. Die Ratschquote liegt immer noch bei 80%, und wir müssen leider feststellen: Sie stagniert. Wir haben weiterhin rund 20% Ratschverweigerer.

1244 **JULIEN** Herr Leiserberg, was tut die Regierung gegen dieses Problem?

1245 **LEISERBERG** Auf Ratschverweigerer muss entschieden mehr Druck ausgeübt werden. Sie gefährden uns alle. Wir schnüren deshalb ein umfassendes neues Gesetzespaket: Einkaufen, Reisen, Arztbesuche künftig nur noch mit Ratschausweis. Denkbar wäre auch ein Berufsverbot für Ungeratschte. Wo das nicht möglich ist, separierte Aufenthaltszonen. Schlussendlich müssen wir auch über eine allgemeine Ratschpflicht nachdenken.

1246 **JULIEN** Nun höre ich die Kälte-Leugner schon schreien, dies seien undemokratische Zwangsmaßnahmen.

1247 **LEISERBERG** Das ist völlig unbegründet. Es wird ja niemand gegen seinen Willen geratscht. Die neuen Gesetze, selbst die Ratschpflicht führen ja nur dazu, dass man sich zum Schluss freiwillig ratschen lässt.

1248 **STEFANIE** So soll es auch sein, nicht wahr, Julien?

1249 **JULIEN** Absolut, Stefanie. Für eine wehrhafte Demokratie!

1250 **STEFANIE** Für eine wehrhafte Demokratie!

Abschlussjingle.

17. Achte Pause

Licht an im Pausenraum. Der Morgen danach. Alle sind gerade im Bad oder anderweitig weg. Nur LETIZIA und DENISE sind im Pausenraum damit beschäftigt, Tische, Stühle, Rucksäcke etc. zu schleppen und damit eine Trennwand zu errichten, die einen kleinen Teil des Raums vom Rest abtrennt. Und FRANZISKA sitzt immer noch in derselben Ecke wie gestern nacht, den Schlafsack bis zur Nase hochgezogen, als ob sie den Rest der Nacht dort in Schocklähmung verbracht hat.

1251 **LETIZIA** Den Stuhl noch hierher!

1252 **DENISE** Komme schon!

1253 **LETIZIA** Sehr gut. Und für die Tische brauchen wir noch ein paar starke ...

Auftritt ORKAN und ASSI mit ihren Zahnbürsten und Waschbeuteln.

1254 **LETIZIA** ... Männer, so wie euch! Helft uns mit dem Tisch!

1255 **ORKAN** Was wird denn das?

1256 **LETIZIA** Hallo, sieht man das nicht?

1257 **DENISE** Wir setzen die neuen Gesetze um! Hier ist für die Geratschten, und hier für die Ungeratschten!

1258 **ORKAN** Ist das nicht allmählich ein bisschen übertrieben?

1259 **DENISE** Willst du die Risikogruppen etwa nicht schützen? So wie mich?

ORKAN zögert, etwas zu lange. Dann seufzt er tief und gibt wieder einmal nach, aber ohne Begeisterung.

1260 **ORKAN** Doch, Baby. Für dich tu ich alles.

ORKAN und DENISE nehmen einen Tisch und tragen ihn zur Trennwand. Auftritt LEONIE, beschwingt.

1261 **LEONIE** Super Neuigkeiten! Tugce ist in diesem Moment beim Ratschen!

Allerseits freudige und erleichterte Reaktionen.

1262 **DENISE** Die Gute!

1263 **LETIZIA** Ich wusste, es funktioniert! Und den Rest schaffen wir auch noch! Also, gleich weiter!

1264 **LEONIE** Assi, hilfst du mir mit dem Tisch?

LETIZIA, DENISE und ORKAN bauen weiter an der Barrikade. ASSI und LEONIE tragen gemeinsam einen Tisch. Es fällt auf, dass ASSI sich sehr gehemmt bewegt; er scheint Probleme mit seinem rechten Arm zu haben.

1265 **LEONIE** Ist was mit deinem Arm?

1266 **ORKAN** Dein Arm?

1267 **ASSI** Ne, ne, nix! Schon okay.

Als ASSI sicher ist, dass niemand mehr hinhört, winkt er LEONIE beiseite. Er flüstert, schnell und gehetzt; man merkt, dass er große Angst hat.

1268 **ASSI** Leonie, shit, ich weiß nicht, was los ist. Seit heute morgen kann ich meinen Arm nicht mehr bewegen, er ist total gelähmt! Ich spüre ihn nicht mehr! Könnte das am Heizdraht liegen?

1269 **LEONIE** Das kann eigentlich nicht sein, er ist sehr sicher.

1270 **ASSI** Könntest du da nicht ein Video drüber machen? Vielleicht geht's ja noch mehr Leuten so?

1271 **LEONIE** Assi, das finde ich schwierig. Das sendet ein ganz falsches Signal.

1272 **ASSI** Aber man könnte sich austauschen oder so. Bitte!

1273 **LEONIE** Es nimmt den Menschen das Vertrauen in den Heizdraht. Und zum jetzigen Zeitpunkt ist es doch so wichtig, dass sich alle ratschen lassen!

1274 **ASSI** Schon, aber -

1275 **LEONIE** Millionen von Menschen haben keinerlei Probleme mit der Ratschung. Warum soll das ausgerechnet bei dir anders sein?

1276 **ASSI** Ich hab so Schiss, Leonie! Was, wenn das bleibt?

1277 **LEONIE** *(legt ihm mütterlich den Arm um die Schulter)* Assi, kann es nicht sein, dass es genau daran liegt? Du hast Angst. Das ist was Psychosomatisches. Der Heizdraht ist sicher. Beruhige dich, dann geht es wieder vorbei.

1278 **ASSI** Ich weiß nicht ...

1279 **LETIZIA** Hey, wo bleibt der Tisch?

LEONIE klopft ASSI noch einmal aufmunternd auf die Schulter, dann tragen die beiden den Tisch zur Barrikade, ASSI weiterhin nur mit Handicap.

1280 **LETIZIA** Und – fertig!

1281 **DENISE** Das ist so toll geworden!

1282 **LETIZIA** *(stolz)* Und ist eine praktische Umsetzung der neuen Kälteschutzverordnung! Das sollen uns die anderen Klassen mal nachmachen!

1283 **LEONIE** Prima, Leute! Dann kommt mal zusammen und wir überlegen, wie wir auch die anderen Maßnahmen umsetzen können!

Alle bringen ihre Schlafsäcke und setzen sich zu einem Diskussions-Sitzkreis zusammen. LETIZIA hat das Regelplakat von der Wand genommen, bereit, noch mehr zu ergänzen. Nur FRANZISKA bleibt in ihrer Ecke, stumm vor sich hinstarrend.

1284 **LEONIE** Also, wie wir gesehen haben, sind wir auf dem richtigen Weg. Klare Abgrenzung, Aufzeigen von Konsequenzen, das hat supergut funktioniert gestern nacht.

1285 **DENISE** Siehe Tugce!

1286 **LETIZIA** Genau. Es ist Zeit, die Samthandschuhe auszuziehen!

1287 **LEONIE** Auch meine Follower fanden es gut.

1288 **DENISE** *(ehrfürchtig)* Du hast die Millionengrenze geknackt!

1289 **LEONIE** *(ein bisschen stolz)* Selbst Galactic Media hat mir gratuliert.

1290 **DENISE** Staaaaark!

1291 **LEONIE** Demokratie muss einfach wehrhaft sein, wir müssen da mit gutem Beispiel vorangehen.

1292 **LETIZIA** Wie wäre es, wenn wir nur noch mit Geratschten reden? Das bringt die anderen vielleicht zur Einsicht.

Allgemeine Zustimmung, sie schreibt es auf. Auftritt BEN mit Zahnbürste und Handtuch. Er sieht übernächtigt aus. In seinem Gesicht noch die Eddingspuren von letzter Nacht. Als er die neue Trennbarrikade sieht, bleibt er wie angewurzelt stehen. Er versteht sofort, was sie bedeutet.

1293 **BEN** Nee, oder?

Betretenes Schweigen. Niemand weiß so richtig, was er/sie tun oder sagen soll. Schließlich fasst ORKAN sich ein Herz und steht unsicher auf.

1294 **ORKAN** OK, Digger. Du und Stanislav, ihr sollt ab jetzt -

1295 **LETIZIA** Shhh! Nicht mit ihm reden!

1296 **BEN** Nicht euer Ernst.

Erneut Schweigen. ORKAN steht immer noch un-

schlüssig bei BEN. BEN lässt sein Handtuch fallen und verschränkt die Arme, als stures Zeichen, dass er sich keinen Millimeter vom Platz bewegen wird.

1297 **BEN** Ihr glaubt nicht im Ernst, dass ich das mitmache.

1298 **DENISE** Orkan, tu was!

1299 **ORKAN** OK, Digger, ich finde das genauso scheiße wie du, aber -

1300 **LETIZIA** NICHT REDEN!

1301 **ORKAN** Ja, wie soll ich's denn sonst machen?

1302 **DENISE** Kriegst du eigentlich einmal etwas hin?

Auftritt JUSTIN, ebenfalls mit Handtuch und Waschbeutel. Alle begrüßen ihn freudig, dankbar für die Ablenkung, und geben ihm Respekt.

1303 **LEONIE** Da kommt der Held!

1304 **ASSI** Respekt, Justin!

DENISE springt freudig auf JUSTIN zu und umarmt ihn, etwas länger und liebevoller als angebracht wäre. Es ist auch ein deutliches Zeichen an ORKAN, und ORKAN versteht das glasklar.

1305 **DENISE** Oh Justin, das war so toll gestern! Wie du durchgegriffen und uns verteidigt hast! Du bist so stark, und mutig! Wie geht es dir heute, mein Lieber?

ORKAN ist maximal verletzt, will es aber vor DENISE nicht zeigen. BEN nutzt die Ablenkung und beugt sich vertraulich zu ORKAN.

1306 **BEN** Bro, ich wollte noch Danke sagen. Für letzte Nacht. Dass du Justin zurückgehalten hast.

Aber ORKAN kann es nicht annehmen. Wie es oft ist, lässt er seine unterdrückte Wut auf DENISE und

JUSTIN nun an BEN aus.

1307 **ORKAN** *(aggressiv)* Das war nicht wegen dir, du Pisser! Du bist trotzdem ein unsolidarisches Arschloch und schuld, dass wir hier immer noch festsitzen!

1308 **BEN** Orkan, hör mir zu -

1309 **ORKAN** Du gehst jetzt sofort in die Ecke!

1310 **BEN** Nein.

1311 **JUSTIN** *(ruft belustigt von hinten)* Brauchst du Hilfe, Kleiner?

1312 **ORKAN** Das schaffe ich schon selber! *(Übertrieben hart zu Ben)* Willst du aufs Maul?

BEN sieht von ORKAN zu JUSTIN und zurück, erkennt die Zusammenhänge und weiß, dass es sinnlos ist.

1313 **BEN** Wie du meinst.

Nach einem letzten enttäuschten Blick auf ORKAN nimmt BEN sein Handtuch auf, geht in den kleinen abgetrennten Bereich und setzt sich dort auf das Handtuch. Aus seinem Rucksack, der auch in die Barrikade verbaut ist, nimmt er seinen Comic und liest darin weiter, die anderen bewusst ignorierend. Diese sind angenehm überrascht, wie stressfrei das lief.

1314 **LEONIE** Okay, kommt wieder zusammen! Was könnten wir noch tun?

1315 **DENISE** Ooooh, es ist so wunderbar warm bei euch!

1316 **JUSTIN** Wir müssen härter durchgreifen, damit sie überhaupt was merken.

1317 **DENISE** Genau!

1318 **LETIZIA** Wir entziehen ihnen die Schlafsäcke! Damit sie die Kälte mehr spüren!

1319 **JUSTIN** Unbedingt!

1320 **ORKAN** Hey Leute, ist das nicht, ich weiß nicht, allmählich zu krass?

1321 **LETIZIA** Wer ist dafür?

Alle melden sich, bis auf ORKAN und ASSI, der heimlich mit seinem Arm beschäftigt ist, sorgenvoll.

1322 **LEONIE** Assi?

1323 **ASSI** *(flüchtig)* Was? Ach so, ja, ja, mir egal. Hauptsache, der Scheiß endet bald.

ORKAN sieht, dass sein Einspruch sinnlos war, und meldet sich nun auch.

1324 **ORKAN** Na meinetwegen, wenn es dann endlich vorbei ist.

LETIZIA schreibt befriedigt die neue Regel auf. FRANZISKA erhebt sich zögernd von ihrem Rückzugsort und stellt sich in die Mitte des Kreises.

1325 **FRANZISKA** Hört mal. Das gestern nacht, das fand ich nicht so cool.

Niemand reagiert auf sie. LEONIE hat den Promo-Heizdraht, der immer noch im Pausenraum herumliegt, genommen und dreht ihn überlegend hin und her.

1326 **LEONIE** Wie bringen wir sie dazu, sich ratschen zu lassen?

1327 **JUSTIN** Glaubt ihr im Ernst, das geht freiwillig?

1328 **DENISE** Ha! Nie im Leben! Sie haben es ja nicht mal gemacht, als Justins Mutter im Sterben lag! *(Von Mitleid überwältigt, lehnt sie sich an Justin)* Das ist so gemein ...

1329 **FRANZISKA** Ich meine, was ist aus uns geworden?

1330 **JUSTIN** Bei manchen Menschen funktioniert „freiwillig" einfach nicht.

1331 **DENISE** *(seufzt)* Wie wahr …

1332 **FRANZISKA** Okay. Ich hab's versucht. Ab jetzt halte ich mich raus.

Sie zieht sich wieder zurück in ihre Ecke und zieht den Schlafsack bis zur Nase.

1333 **LEONIE** *(sinniert verträumt)* Hm. Könnte man den eigentlich selbst implantieren?

1334 **JUSTIN** Schwer sah das nicht aus.

1335 **LETIZIA** *(nimmt das Cuttermesser vom Tisch, spielerisch)* Im Notfall geht doch alles.

1336 **FRANZISKA** *(ruft heftig aus der Ecke)* Ich halte mich raus!

1337 **DENISE** Aber wäre das nicht gefährlich? Wegen der Pulsadern?

1338 **LETIZIA** Ja, am Arm. Aber … *(sie überlegt)* am Schenkel? Das müsste doch funktionieren?

JUSTIN hat sich die Brechstange des Hausmeisters gegriffen, die ebenfalls immer noch an der Wand beim Fenster lehnt.

1339 **JUSTIN** *(grinst, als würde er einen Witz machen)* Und in Sachen Freiwilligkeit könnte man auch ein bisschen nachhelfen …

1340 **ORKAN** Also, jetzt macht mal halblang!

1341 **JUSTIN** Wieso?

1342 **ORKAN** Du weißt genau, was ich meine!

1343 **DENISE** Und was ist dann deine Idee?

1344 **ORKAN** Keine Ahnung …

1345 **DENISE** *(äfft ihn nach)* „Keine Ahnung". Weißt du was? Du bist so ein Schwächling!

1346 **ORKAN** Achja? Dann hättest du wohl lieber Justin als Freund?

1347 **DENISE** *(schweigt)*

1348 **ORKAN** *(bitter)* Alles klar.

1349 **ASSI** Sind wir jetzt endlich fertig?

Auftritt STANISLAV. Er trägt den GKS, kommt offensichtlich von draußen. Auch in seinem Gesicht noch deutliche Spuren von letzter Nacht – Schrammen und ein fetter Bluterguss.

1350 **LETIZIA** Stanislav! Wo kommst du denn her?

1351 **DENISE** Er kommt von draußen!

1352 **JUSTIN** Zurückbleiben! Denise, komm hinter mich!

Allgemeiner Tumult, als alle sich in eine Ecke drängen, um möglichst viel Abstand zwischen sich und STANISLAV zu bringen. JUSTIN schirmt DENISE heldenhaft mit seinem Körper ab.

1353 **STANISLAV** Geht's noch?

1354 **DENISE** Mir wird so kalt!

1355 **LEONIE** Immerhin trägt er den GKS!

1356 **ORKAN** Wo warst du, mann?

1357 **LETIZIA** Rede nicht mit ihm! - Wo warst du?

1358 **STANISLAV** Das geht euch gar nichts an!

1359 **LETIZIA** Wohl?!

1360 **JUSTIN** Verpiss dich sofort in deinen Bereich!

1361 **STANISLAV** Was, wohin?

1362 **JUSTIN** *(hat immer noch die Brechstange in der Hand)* Wird's bald!

BEN steckt den Kopf hinter der Barrikade hervor.

1363 **BEN** Bruder! Komm zu mir.

1364 **STANISLAV** *(zornig zu den anderen, als er die Zusammenhänge kapiert)* Ins Ghetto, he?

1365 **BEN** *(beschwichtigend)* Stannis, komm her!

Während BEN STANISLAV in den Ungeratschten-Bereich zieht, nimmt LEONIE JUSTIN sicherheitshalber die Brechstange ab.

1366 **LEONIE** Lasst uns Sport machen und die Temperatur wieder anheben.

1367 **DENISE** Ja bitte!

1368 **LETIZIA** Okay, alle auf der Stelle joggen!

Während die Geratschten während dem Folgenden lautlos gemeinsam Sportübungen machen, zieht STANISLAV im Ungeratschten-Bereich ächzend den verhassten GKS aus.

1369 **BEN** Wo warst du?

1370 **STANISLAV** Shhh!

STANISLAV vergewissert sich sorgfältig, ob auch niemand zuschaut. Doch die Anderen sind voll mit ihren Turnübungen beschäftigt. Schließlich zieht er seinen Ärmel hoch. Auf seinem Arm prangt die Ratschnarbe.

1371 **BEN** *(getroffen)* Stannis, du?

1372 **STANISLAV** Shhh! Fass an.

1373 **BEN** Was?

1374 **STANISLAV** Fass an!

BEN berührt zögernd die Narbe. Große Verblüffung, er sieht genauer hin.

1375 **BEN** Ein Tattoo?!

1376 **STANISLAV** Nicht so laut! Hör zu, Ben, das wird mir zu heikel hier. Ich kann nicht mehr. Ich meine, was war das, letzte Nacht? Wo führt das hin?

1377 **BEN** Woher hast du das?

1378 **STANISLAV** Ich hab da so meine Connections, wenn du verstehst, was ich meine. In der Turmstraße sitzt ein Tätowierer aus unserer Bewegung. Hier, komplett mit digitalem Ratschausweis und so.

STANISLAV zeigt es BEN auf seinem Smartphone.

1379 **BEN** *(halb belustigt, halb bewundernd)* Was bist du, KGB-Agent?

1380 **STANISLAV** *(ernst)* Hör zu, Ben. Ich und meine Eltern, wir überlegen wegzugehen. Aus Deutschland. Mexiko vielleicht, oder Portugal, das wird uns einfach viel zu krass hier. - Ich kann dir auch sowas besorgen. Ich nehm dich mit in die Turmstraße.

1381 **BEN** *(zögert)* Nein, ich glaube nicht.

1382 **STANISLAV** Ben, denk an gestern nacht. Ich sage dir, das war erst der Anfang.

1383 **BEN** Nein. Nein, Stannis, ich will das nicht. Das wäre der leichte Weg.

1384 **STANISLAV** Und wenn schon?

1385 **BEN** Ich bin nicht wie mein Vater.

1386 **STANISLAV** Was ist denn eigentlich mit deinem Vater?

1387 **BEN** Hör zu, Stannis. Den leichten Weg, den ist mein Vater gegangen. Er hat im Chemiewerk gearbeitet, drüben in Vormholz. Sicherheitsbeauftragter. Hast du das mitbekommen, die Explosion letztes Jahr?

1388 **STANISLAV** Das Säure-Leck?

1389 **BEN** Genau. Mein Vater wusste seit Jahren, dass die Anlage marode ist. Aber der Konzern hat ihm gedroht, ja? „Sie wollen doch Ihren Arbeitsplatz behalten?"

„Sie wollen doch nicht, dass es für Sie hier ungemütlich wird?" Und deshalb hat er seinen OK-Stempel draufgesetzt, immer wieder, jedes Jahr! Elf Menschen sind bei der Explosion gestorben. Weil er den leichten Weg gegangen ist.

1390 **STANISLAV** Das kannst du doch nicht vergleichen!

1391 **BEN** Er hat sich erhängt. Danach war ich zwei Monate in der Klapse, bin überhaupt nicht drauf klargekommen. Sein Abschiedsbrief, ja? Der war für mich. Er hat geschrieben: „Ben, im Getriebe der Mächtigen musst du Sand sein, nicht Öl." Da habe ich mir eine Sache geschworen: Ich gehe niemals den leichten Weg, und ich knicke niemals ein.

1392 **STANISLAV** Das hat noch nie gut geendet.

1393 **BEN** Es muss jemanden geben, der Nein sagt.

1394 **STANISLAV** Dann tu das. Aber wer soll dich dabei beschützen? Ich? Meine einzige Superpower sind meine Warnungen. „Mit dem ersten Glied ist die Kette geschmiedet. Wenn die erste Rede zensiert, der erste Gedanke verboten, die erste Freiheit verweigert wird, sind wir alle unwiderruflich gefesselt."

1395 **BEN** Martin Luther King?

1396 **STANISLAV** *(grinst schief)* Captain Picard.

Auftritt TUGCE. Auch sie kommt von draußen, trägt den GKS. Anders als STANISLAV wird sie von den Geratschten aber mit viel Wärme empfangen, außer von JUSTIN, der sich demonstrativ umdreht. Sie ist blass und ernst.

1397 **LEONIE** Tugce!

1398 **DENISE** Meine Süße, du bist wieder da! Wie wars?

1399 **TUGCE** *(ohne aufzublicken, kurzatmig)* Mir geht's nicht so gut.

1400 **DENISE, LETIZIA, LEONIE** *(eifrig)* Das ist normal!

1401 **DENISE** Oh meine Liebe, das ging uns allen so! Das geht vorbei!

1402 **TUGCE** Mir ist so schwindlig.

1403 **BEN** Tugce, komm zu uns, wir sind hier!

TUGCE sieht für einen Moment auf, blickt BEN und STANISLAV an. Doch die Scham ist zu groß, sie kann ihnen nicht in die Augen sehen und hat auch keine Worte. Den Moment nutzt LEONIE. Sie legt ihr jovial den Arm um die Schulter und zieht sie zu den Geratschten.

1404 **LETIZIA** Hey, zeig mal deine Narbe!

1405 **DENISE** Wow, die sieht voll sexy aus an dir! Bin stolz auf dich.

1406 **TUGCE** Mir ist echt übel ...

1407 **LEONIE** Das geht vorbei.

1408 **TUGCE** *(zunehmend kurzatmig)* Ich ... spüre ... meinen ...

1409 **ASSI** *(alarmiert)* Was spürst du nicht mehr?

1410 **LEONIE** *(heftig)* Das geht vorbei, sage ich!

TUGCEs Blick sucht JUSTIN. Der steht weiter demonstrativ abgewandt im Raum.

1411 **TUGCE** Justin ... ?

1412 **JUSTIN** Sorry. Du kannst gerne einen auf bekehrt und geläutert machen. Für mich bist du gestorben.

1413 **TUGCE** Justin!

Plötzlich wird TUGCEs Blick panisch. Sie rudert hilflos mit den Armen, bekommt anscheinend keine Luft mehr, ihr wird schwarz vor Augen. Mitten im Raum bricht sie mit Krämpfen zusammen. Alle schreien entsetzt auf und weichen zurück. Nur FRANZISKA schnellt aus ihrem Rückzugsort hoch, eilt zu TUGCE, kauert sich zu ihr und kümmert sich um sie. Sonst traut sich in der ganzen Szene niemand zu TUGCE.

1414 **ASSI** *(panisch)* Ist sie tot? Ist sie tot?

1415 **DENISE** Oh Gott, sie ist tot!

1416 **LEONIE** Wir brauchen einen Krankenwagen!

1417 **BEN** Tugce, was ist mit dir!

BEN stürmt aus dem Ungeratschten-Bereich, wird aber von JUSTIN aufgehalten.

1418 **JUSTIN** Zurück mit dir!

1419 **BEN** Zieh ihr mal jemand den Anzug aus! Sie kriegt doch gar keine Luft!

1420 **DENISE** Aber die Kälte!

1421 **BEN** Scheiß auf die Kälte!

1422 **LEONIE** Ein Krankenwagen! Orkan, geh zum Sekretariat, schnell!

ORKAN hastet aus dem Raum.

1423 **ASSI** Tugce, bitte, komm zu dir!

1424 **FRANZISKA** *(flüstert Tugce beruhigend zu)* Ich bin bei dir.

1425 **STANISLAV** *(ruft aus seinem Bereich)* Ich hab's euch gesagt und ihr wolltet nicht hören!

1426 **JUSTIN** Schnauze!

ASSI ist panisch. TUGCEs Zusammenbruch schürt in ihm große Angst wegen seinem Arm: Wird er der Nächste sein?

1427 **ASSI** Dieser Fuck-Heizdraht! Hätte ich mir das Scheißding doch nie in den Arm gejagt!

1428 **BEN** Zieht ihr den Anzug aus!

1429 **ASSI** Halt die Klappe! Wegen dir ist es überhaupt erst soweit gekommen!

1430 **BEN** Was?

1431 **ASSI** Ihr Scheiß-Kälteleugner! Hättet ihr von Anfang an die Regeln befolgt, hätten wir diese verfickte Ratschung gar nicht gebraucht!

1432 **JUSTIN** Und es gäbe keine Kältetoten!

1433 **DENISE** Oh Gott, ist sie tot?

1434 **BEN** Tugce!

ORKAN stürmt wieder herein, keuchend.

1435 **ORKAN** Der Krankenwagen kommt!

1436 **LEONIE** Tragt sie nach draußen. Aber vorsichtig!

Sie dirigiert JUSTIN, LETIZIA und ORKAN, die die bewusstlose TUGCE vorsichtig aufnehmen und nach draußen tragen. BEN will auch helfen, wird aber von JUSTIN grob zurückgedrängt. FRANZISKA weicht nicht von TUGCEs Seite und hält ihre Hand.

1437 **FRANZISKA** *(flüstert)* Alles wird gut, ich bin bei dir.

Die Anderen bleiben hilflos im Raum zurück.

1438 **ASSI** Wenn sie jetzt stirbt, bist du schuld!

1439 **BEN** IHR seid schuld!

1440 **ASSI** Nur wegen deiner Scheiß-Antihaltung! Die Kälte könnte längst zu Ende sein! Wir könnten alle längst wieder zuhause sein!

1441 **DENISE** Wir sterben wegen euch!

JUSTIN stürmt zurück in den Raum. Seine Zündschnur ist mal wieder gerissen.

1442 **JUSTIN** Wieviele müssen noch sterben, bevor ihr zur Vernunft kommt?

1443 **BEN** Aber sie -

1444 **JUSTIN** Kein Aber, mir reichts jetzt!

JUSTIN geht auf BEN los. Mit dem letzten Mut der Verzweiflung wirft STANISLAV sich dazwischen und hält seinen Arm mit der tätowierten Narbe wie einen Schild vor sich.

1445 **STANISLAV** Stopp! Stopp! Hier! Seht ihr's! Hier! Ich hab's getan!

1446 **JUSTIN** Was?

1447 **STANISLAV** Die Ratschung! Ich hab's getan! Heute morgen!

1448 **LEONIE** Du?

STANISLAV presst den Arm rasch an sich, bevor jemand die Fälschung erkennen kann, und redet wie ein Wasserfall, um sein Überraschungsmoment nicht zu verschwenden.

1449 **STANISLAV** Ich gehe jetzt zum Rektor, ja? Mit mir haben wir 90% Ratschquote, das müsste reichen! Dann dürfen wir nach Hause! Ich überrede ihn! Er lässt uns nach Hause, ganz bestimmt!

1450 **ASSI** Bist du sicher?

1451 **STANISLAV** Ich überrede ihn! Verlasst euch auf mich! 90% reichen!

1452 **ASSI** Und was, wenn nicht?

Bevor noch jemand protestieren oder kritisch nachfragen kann, wieselt STANISLAV aus dem Raum.

1453 **ASSI** *(ruft ihm hinterher)* Was, wenn nicht?

Black.

18. Nachrichten aus der Kälte 8

Video- oder Audioeinspielung: Ein journalistischer Kommentarbeitrag in der „Tagesschau" oder einer ähnlichen seriösen Nachrichtensendung. STEFANIE hat es offensichtlich zur Kommentatorin geschafft. Jingle.

1454 **STEFANIE** Na, herzlichen Dank an alle Ungeratschten. Dank euch droht ein ewiger Winter im Lockdown. Die andauernden Maßnahmen sind ein Schlag ins Gesicht für alle, die im vergangenen Monat solidarisch waren, die sich haben ratschen lassen. Ohne jedes Mitgefühl - Ihr seid schuld! Alle Ratschverweigerer, die mit ihrem Starrsinn zig Millionen Menschen quasi in Geiselhaft nehmen.

1455 Wir dürfen es uns nicht mehr gefallen lassen, dass eine winzige Minderheit von enthemmten Extremisten versucht, unserer gesamten Gesellschaft ihren Willen aufzuzwingen, und so als Minderheit die Mehrheit terrorisiert. Denn die Mehrheit der Bevölkerung hat längst begriffen, dass es sich bei den radikalisierten Ratschgegnern um Verfassungsfeinde handelt, die den demokratischen Staat ablehnen und für rationale Argumente nicht mehr empfänglich sind.

1456 Was es jetzt braucht, ist ein scharfer Keil, der die Gesellschaft spaltet. Richtig und tief eingeschlagen, trennt er den gefährlichen vom gefährdeten Teil der Gesellschaft. All jene, die sich nicht haben ratschen lassen, sind schuld an dieser Kältewelle. Sie verdienen keine Nachsicht, sondern Wut. Deshalb ist es jetzt wichtig, dass man eine klare Botschaft an sie sendet: Ihr seid jetzt raus aus dem gesellschaftlichen Leben.

1457 Ratschen ist der Weg zur Freiheit. Gibt es eine moralische Pflicht, sich ratschen zu lassen? Ja! Jeder Draht muss in einen Arm. Wenn das nicht freiwillig zu gehen scheint, muss eben nachgeholfen werden. Es darf keine roten Linien geben, das hat uns diese Kältewelle nun wirklich gezeigt.

1458 Also: Alle, die sich immer noch nicht ratschen lassen möchten, müssen damit rechnen, dass man sie sehr genau beobachtet. Möge die gesamte Republik mit dem Finger auf sie zeigen. Keine Rücksicht auf die Rücksichtslosen! Schützt die Mehrheit!

Jingle.

19. Letzte Pause

Licht an. Etwa eine Stunde später; noch 20 Minuten bis zum Schulschluss. Nervöses Warten. Alle sitzen oder lehnen bis aufs Äußerste angespannt in den Ecken und auf den Tischen, nur ORKAN tigert nervös auf und ab. Selbst BEN, immer noch im Ungeratschten-Bereich, schafft es nicht, seine gewohnte Coolness aufrechtzuerhalten. STANISLAV, FRANZISKA und natürlich TUGCE fehlen.

1459 **ORKAN** Wo bleibt er? Er müsste längst wieder zurück sein!

1460 **LEONIE** Vielleicht ist er noch im Wartezimmer.

1461 **ORKAN** Aber eine Stunde?!

1462 **LEONIE** Er kommt bestimmt gleich.

1463 **ORKAN** Wie lang haben wir noch?

1464 **JUSTIN** Meine Fresse, Orkan, jetzt chill mal!

ORKAN atmet schwer, offensichtlich versucht er wieder einen klaustrophobischen Anfall zu unterdrücken – seine Stimme klingt zunehmend gepresster und panischer. LEONIE holt währenddessen ihr Smartphone heraus und startet einen Livestream. Auch sie ist sichtlich gedämpfter und gestresster als sonst.

1465 **LEONIE** *(in die Kamera)* Hallo meine Lieben, wir sind wieder live. Jetzt geht es für uns um alles. Gleich beginnen die Weihnachtsferien, und in diesen Minuten entscheidet sich, ob wir nach Hause dürfen oder die vollen zwei Wochen hier verbringen müssen.

1466 **ORKAN** Sag doch nicht so was!

1467 **LETIZIA** Noch 20 Minuten bis Schulschluss.

1468 **ORKAN** Und immer noch kein Bescheid? Was, wenn der Rektor uns nicht rauslässt?

1469 **ASSI** Herrgott, Orkan, chill! Du bist nicht der Einzige hier, dem es schlecht geht!

1470 **ORKAN** Ich weiß nicht, wie lang ich das hier drin noch aushalte.

ORKAN lehnt mit geschlossenen Augen seinen Kopf gegen die Wand und versucht mit sich klarzukommen.

1471 **ASSI** Tugce ist vielleicht tot und niemand weiß, was sie hat! Oder ob das uns anderen auch passieren kann! Verdammte und dreifach genagelte Scheiße, ich will heim. In mein Bett.

1472 **LEONIE** *(in die Kamera)* Ihr seht, die Stimmung ist etwas angespannt. *(Zur Klasse:)* Und wir haben bereits 350.000 Likes.

1473 **ASSI** *(sarkastisch)* Na prima.

Auftritt FRANZISKA, von draußen.

1474 **FRANZISKA** Ich komme vom Krankenhaus. *(Sie wartet auf eine Reaktion, wird aber wie immer ignoriert.)* Ich weiß aber nichts. Sie haben mich nicht reingelassen.

1475 **DENISE** Was, wenn 90% nicht reichen?

1476 **LETIZIA** Ich sag's euch, sie reichen nicht.

1477 **BEN** Stanislav schafft es bestimmt. Der Rektor ist doch vernünftig.

1478 **ASSI** *(angetriggert)* Ich auch! Alles habe ich getan, damit wir hier rauskommen, und DAS habe ich jetzt davon! *(Arm)*

1479 **LEONIE** 450.000 ... 500.000 ... das geht rasend schnell ...

1480 **FRANZISKA** Sagt mal, was ist eigentlich der Grund, warum ihr mir nicht zuhört?

1481 **ORKAN** Oh Gott, warum ist er noch nicht zurück?!

1482 **BEN** Orkan ...?

ORKAN ist in sich zusammengesackt und atmet nur noch gepresst. Er ist am Ende seiner Kräfte. BEN ist schwer besorgt und beugt sich aus dem Ungeratschten-Bereich.

1483 **ORKAN** Ich schaffe das nicht mehr ...

1484 **BEN** Orkan, hey, sieh mich an! Sieh mich an! In der Klapse, da war auch ein Typ mit Klaustro, ja? Du musst atmen! Mach die Augen zu!

1485 **JUSTIN** *(brüllt)* Halt die Fresse! Wegen dir sind wir überhaupt in dieser Scheiße!

1486 **ORKAN** *(nur noch ein Hauch seiner selbst)* Ich kann nicht mehr ...

1487 **BEN** Doch du kannst. Tief ein, tief aus.

1488 **JUSTIN** Ich sagte Fresse! Alle zusammen! Alle nur am Pussen, das braucht jetzt keiner!

1489 **LETIZIA** Was wir brauchen, sind 100%!

1490 **FRANZISKA** Ihr müsst mich doch sehen! Und hören!

1491 **ORKAN** *(in seiner Ohnmacht greift er nach seinem letzten Strohhalm, flüstert:)* Denise. Denise, bitte komm zu mir ...

1492 **BEN** *(sieht das Unausweichliche kommen)* Orkan, tu das nicht.

1493 **ORKAN** Ich brauch dich Baby, bitte bitte ...

Nach langem Zögern löst DENISE sich äußerst widerstrebend von JUSTIN, an den sie sich schon die ganze Zeit gelehnt hatte. Sie kann ihre Verachtung gegenüber ORKAN inzwischen nur noch schwer verbergen. ORKANs Stimme ist nur noch ein kraftloser Hauch, er winkt sie zu sich hinab.

1494 **ORKAN** *(wispert)* In meinem Rucksack ... bitte. Vorderes Fach.

Widerwillig nimmt DENISE den Rucksack und fischt aus dem vorderen Fach die Schatulle; daraus die Kette mit dem Herzchen-Anhänger. Sie weiß sofort, was das bedeutet. Und es ist der aller-unpassendste Moment. ORKAN streckt mit seinen letzten Kräften seine Arme nach ihr aus. Alles, was er jetzt braucht, ist DENISEs Umarmung und dass alles zwischen ihnen wieder gut wird. DENISE steht wie angewurzelt.

1495 **ORKAN** Bitte Baby … bitte, bitte … bitte komm her, Baby … bitte …

1496 **DENISE** *(nach langem Schweigen, so schonend und nüchtern es ihr möglich ist)* Okay, hör mal, Orkan. Wir müssen mal Klartext reden. Mir … ist was klargeworden.

1497 **ORKAN** Nein, Baby, nein … bitte …

1498 **DENISE** Gestern nacht, bei der Aktion mit Tugce … wie du in diesem wichtigen Moment versagt hast. Du bist einfach so … schwach. Ich will einen richtigen Mann.

1499 **ORKAN** Babe tu das nicht …

1500 **DENISE** Orkan. Ich gehe jetzt mit Justin.

Sie gibt ihm das Kettchen zurück. Das ist der letzte Tropfen für ORKAN. Aus seiner Kehle entwindet sich ein abgrundtiefer, verzweifelter Schrei. Im Folgenden passiert vieles gleichzeitig: ORKANs so lange mühsam unterdrückte Panikattacke bricht sich nun voll Bahn; er springt auf, schreiend, mit den Armen rudernd, bekommt keine Luft. BEN stürzt aus seinem Bereich, um ihm zu helfen, JUSTIN will ihn gewaltsam zurückdrängen. Die völlig überforderte DENISE beginnt hysterisch zu weinen. Auch die Anderen werden von der aufgescheuchten Panikstimmung angesteckt.

1501 **ORKAN** Ich muss hier raus! Lasst mich raus!

1502 **BEN** Orkan! Atmen, du musst atmen!

1503 **JUSTIN** Zurück mit dir!

1504 **DENISE** Ich wollte das nicht!

1505 **LEONIE** *(hastet zu Denise)* Denise, ganz ruhig!

1506 **FRANZISKA** Ich will das nicht mehr! Ich will nicht mehr unsichtbar sein!

1507 **DENISE** Warum tut er mir das an?

1508 **ORKAN** Ich will raus!

1509 **ASSI** Wär das doch alles nicht passiert!

1510 **LETIZIA** *(zu Ben)* Daran bist du schuld! Nur du!

Mitten in die Massenpanik platzt eine Lautsprecher-Durchsage der LEHRERIN. Alle erstarren bzw. versuchen sich zumindest – je nach Erregungsgrad – zusammenzureißen, lauschen mit angehaltenem Atem.

1511 **LEHRERIN** *(Durchsage / off)* Liebe Schülerinnen und Schüler. Bestimmt wartet ihr schon sehnsüchtig auf diese Durchsage. Ich habe eine gute Nachricht für euch: Ihr wart so solidarisch und engagiert beim Ratschen, und wie versprochen wollen wir das belohnen. Alle Klassen dürfen über die Weihnachtsferien nach Hause. Wir wünschen euch ein frohes Fest und erholsame Ferien.

Einige Momente fassungslose Stille, bis die Nachricht sackt. Dann kann man die Erleichterung und ungläubige Freude mit Händen greifen.

1512 **ASSI** Nach Hause?

1513 **LETIZIA** Wir dürfen ... ?

1514 **DENISE** *(schluchzt auf)*

1515 **LEONIE** *(in die Kamera)* Liebe Leoniten, hier ist gerade ein kleines Wunder geschehen. Ein Weihnachtswunder. Wir dürfen tatsächlich heim, zu unseren Familien, und –

Eine erneute Lautsprecher-Durchsage unterbricht sie jäh.

1516 **LEHRERIN** *(Durchsage / off)* Liebe Schülerinnen und Schüler, das gilt natürlich wie vereinbart nur für die Klassen, in denen alle geratscht sind. Eine einzige Klasse hat dieses Ziel leider, leider verfehlt, und ihr versteht sicherlich: Es wäre unverantwortlich und auch ungerecht, sie ebenfalls nach Hause zu lassen. Eure Eltern werden benachrichtigt.

Ein Schockmoment. Allen wird die Tragweite der Entscheidung bewusst: Zwei weitere Wochen miteinander eingesperrt, und es gibt nur einen Schuldigen. Die Zündschnur der Klasse reißt explosionsartig. Alle schreien durcheinander, ORKANs Panikattacke bricht voll durch, er wirft sich gegen die Tür und das vernagelte Fenster. DENISE fängt wie von Sinnen an zu heulen. BEN schwant das Übelste.

1517 **ORKAN** Nein! Lasst mich hier raus!

1518 **DENISE** Das können die doch nicht machen!

1519 **ASSI** Ich will heim!

1520 **FRANZISKA** Hört mir zu! Hört mich! Seht mich!

1521 **LETIZIA** Und wer ist schuld? WER IST SCHULD?

1522 **ORKAN** Lasst mich gehn!

1523 **LEONIE** *(in die Kamera)* Ein einziger Ungeratschter hat es für uns alle versaut.

1524 **DENISE** Du! Alles wegen dir!

Aus dem hysterischen Chaos schält sich ASSIs Stimme. Sein so irrer wie zwingend logischer Ausruf formt die chaotische Gruppenenergie in eine spitze, scharfe gemeinsame Richtung.

1525 **ASSI** Leute, noch zehn Minuten! Wir haben noch zehn Minuten, bevor der Rex in die Ferien geht! Das schaffen wir!

1526 **LETIZIA** Implantiert es ihm!

1527 **ASSI** Jetzt!

1528 **LEONIE** *(in die Kamera)* Jetzt zeigen wir euch, wie wehrhafte Demokratie aussieht. *(filmt)*

JUSTIN, ASSI und LETIZIA gehen mit dem Promo-Heizdraht und dem Cuttermesser auf BEN zu, zum Äußersten entschlossen. DENISE und ORKAN folgen. LEONIE filmt, nah am Geschehen. BEN muss immer weiter zurückweichen, bis er mit dem Rücken am vernagelten Fenster steht.

1529 **BEN** Hey, ganz ruhig!

1530 **DENISE** *(schreit)* Justin, implantier es ihm!

1531 **LEONIE, ASSI, LETIZIA** Implantier es ihm, Justin!

JUSTIN nimmt das Cuttermesser. BEN greift sich wild entschlossen die Brechstange und richtet sie gegen den Rest der Klasse. Er ist nun ganz allein. Die beiden stehen sich gegenüber, mit Messer und Brechstange; ein Moment, in dem alles passieren kann. Ein dumpfer anfeuernder Sprechchor formiert sich: „Justin, Justin".

1532 **BEN** Nur über meine Leiche!

1533 **JUSTIN** Kannste haben.

1534 **DENISE** Tu es Justin!

1535 **FRANZISKA** Tu es nicht!

1536 **LEONIE** 1,5 Millionen!

1537 **BEN** Na gut! Ihr wollt es so!

Für einen kurzen Moment steht im Raum, ob BEN die Klasse attackieren wird. Stattdessen beginnt er, mit der Brechstange das vernagelte Fenster auf-

zubrechen. Seine einzige Chance ist, die Klasse mit der Wahrheit zu konfrontieren. Alarm schrillt. Grelles Gegenlicht peitscht in den Raum. Die Klasse schreit in Todesangst. DENISE beginnt keuchend zu husten, sie bekommt keine Luft – der lange befürchtete Asthma-Anfall.

1538 **LETIZIA** Die Kälte!

1539 **DENISE** *(hustet keuchend)* Justin! Er killt mich!

1540 **BEN** Seht nach draußen! Seht hin!

1541 **ASSI** Stoppt ihn!

1542 **DENISE** Er killt mich, Justin! Tu was!

JUSTIN entreißt BEN die Brechstange. BEN reißt die Bretter mit den Händen weiter herunter; er weiß, dass ihm die Zeit davonläuft.

1543 **BEN** Seht ihr es nicht?!

1544 **FRANZISKA** Justin! Sieh mich! Hör mich!

1545 **DENISE** *(keuchend)* Justin! Kill ihn, bevor er mich killt!

JUSTIN zögert.

1546 **DENISE** *(röchelt)* Schütze mich ...

JUSTIN schlägt mit der Brechstange zu. BEN taumelt, in den Rücken getroffen, fällt zu Boden. JUSTIN stellt einen Fuß auf seine Brust, hebt die Brechstange.

1547 **BEN** Justin, nicht!

1548 **FRANZISKA** Justin! Das muss anders gehen!

JUSTIN hält inne, wie vom Schlag getroffen. Hat er sie gehört? Erneut hebt er die Brechstange, um zuzuschlagen; aber er zögert, er kann es nicht. BEN entwindet sich unter dem Fuß und rappelt sich auf, bis auf die Knie.

1549 **BEN** Justin ...

1550 **DENISE** *(schreit)* Sei ein Mann!

Das war sein Stichwort. Mit einem wilden Schrei drängt sich ORKAN von hinten an dem zögernden JUSTIN vorbei, entreißt ihm die Brechstange und schlägt mit voller Wucht zu. BEN fällt erneut, versucht wegzurobben. Doch ORKAN schlägt wie besessen auf ihn ein.

1551 **ORKAN** Das bin ich! Das bin ich! Das bin ich!

Sein plötzlicher Gewaltausbruch scheint auch bei den Übrigen einen Dammbruch auszulösen. Völlig enthemmt stürzen sich DENISE, LETIZIA und ASSI auf den am Boden liegenden BEN. Während DENISE ihn am Boden festhält, tritt ASSI wie wild auf ihn ein und LETIZIA und ORKAN schlagen immer wieder mit Brechstange und Promo-Implantat zu. LEONIE filmt die ganze Szene im CloseUp. Nur ausgerechnet JUSTIN steht seltsam unbeteiligt über dem Geschehen, mit leerem Blick. Und FRANZISKA drückt sich verstört an die Wand.

1552 **DENISE** Gibs ihm Orkan!

1553 **LETIZIA** Ich geb dir 100%!

1554 **LEONIE** *(aufgepeitscht in die Kamera)* Das ist Solidarität! 3,2 Millionen!

Wo BEN anfangs noch versucht, sich vor den Schlägen zu schützen und sich aus dem Griff zu entwinden, werden seine Bewegungen rasch schwächer, bis er leblos liegen bleibt. Doch die Anderen sind weiter im Adrenalinrausch.

1555 **DENISE** *(schreit)* Ist er tot? Ist er tot?

1556 **ASSI** Scheiße, was jetzt?!

1557 **LEONIE** Aus dem Fenster! Es war Selbstmord!

1558 **DENISE** Genau, er war ein Psycho! In der Klapse!

1559 **LETIZIA** Aus dem Fenster!

Mit vereinten Kräften heben LETIZIA, ORKAN, DENISE und ASSI den leblosen Körper an, hieven ihn durch die abgerissenen Bretter und werfen ihn aus dem Fenster.

1560 **LETIZIA** 100%? Haben wir jetzt 100%?!

1561 **LEONIE** *(befiehlt)* Stellt euch auf! Wir beweisen es!

Im grellen Gegenlicht des aufgebrochenen Fensters stehen alle in einer Reihe: DENISE, ORKAN, LETIZIA, JUSTIN, ASSI und die filmende LEONIE selbst, und heben zur Präsentation der Narbe ihren rechten Arm. Schockierendes Bildsymbol: Die Metamorphose zur Nazi-Klasse ist abgeschlossen.

1562 **LETIZIA** *(völlig außer sich)* Wir haben 100%! Einhundert!

1563 **LEONIE** *(plötzlich)* Und du? Was ist mit dir – Franziska?

LEONIE hat FRANZISKA angesprochen, die sich während des Gewaltausbruchs verstört an die Wand gedrückt hatte. FRANZISKA erstarrt – das kann doch nicht sein? Aber alle schauen sie jetzt an.

1564 **FRANZISKA** Was, ich?

1565 **LEONIE** Wer sonst!

1566 **FRANZISKA** Du siehst mich?

1567 **LEONIE** Natürlich. Glaubst du, du bist unsichtbar?

1568 **ASSI** Kein Mensch ist unsichtbar.

1569 **LEONIE** Niemand kann sich einfach raushalten.

1570 **FRANZISKA** Ich ... aber ... ich ...

Mit schnellen Schritten sind jedoch bereits LETIZIA und ORKAN bei FRANZISKA und kontrollieren ihren Arm.

1571 **ORKAN** Sie ist ungeratscht!

1572 **LETIZIA** *(aufgepeitscht)* Wir brauchen 100%!

1573 **FRANZISKA** Wartet, ich -

1574 **DENISE** *(schreit)* Implantiert es ihr!

1575 **FRANZISKA** Nein!

Doch zu spät – ORKAN und ASSI schleifen sie bereits in die Mitte, drücken sie zu Boden und reißen ihr den GKS vom Leib.

1576 **LETIZIA** Am Schenkel! Am Schenkel!

1577 **FRANZISKA** Bitte, nein! Bitte!

1578 **LEONIE** *(in die Kamera)* Gemeinsam gegen die Kälte.

Während ORKAN und ASSI die sich windende und schreiende FRANZISKA am Boden festhalten und LEONIE erbarmungslos die Kamera draufhält, drückt DENISE FRANZISKAs Schenkel auseinander und schiebt ihren Rock hoch. Aus dem Hintergrund kommt JUSTIN mit dem Promo-Heizdraht. LETIZIA lässt die Klinge des Cuttermessers aufschnappen.

1579 **FRANZISKA** Nein!

Black.

20. Nachrichten aus der Kälte 9

Video- oder Audio-Einspielung: Eine feierliche Fernsehansprache von Klima-Minister Karl LEISERBERG. Steifes, sehr offizielles Ambiente, vergleichbar der Neujahrsansprache des Bundespräsidenten.

1580 **LEISERBERG** Liebe Mitbürgerinnen und Mitbürger. Vier schwere Monate liegen hinter uns. Die Noch Nie Dagewesene Extremkälte hat uns alle, hat unseren Charakter auf die Probe gestellt – wer in unserem Land setzt sich wirklich ein für Solidarität und Demokratie?

1581 Am heutigen 25. März können wir zurückblicken und voll Dankbarkeit sagen: Durch den Zusammenhalt und den Durchhaltewillen der Bevölkerung ist es uns gelungen, die Temperaturen wieder anzuheben. Seit Anfang März befinden sie sich im zweistelligen Plus-Bereich, und obwohl wir die Maßnahmen seit inzwischen zwei Wochen vorsichtig zurückfahren, bleiben sie stabil.

1582 Bitte hören Sie nicht auf Verschwörungsideologen, die die Erzählung verbreiten, dies sei normal und habe mit der Jahreszeit zu tun. Wir wissen es besser: Nur die harten Maßnahmen und das bereitwillige, gehorsame Mittragen der Bevölkerung haben die Kältewelle aufgehalten. Und sind der Grund, warum wir kaum Kältetote zu beklagen haben. Darauf können wir stolz sein.

1583 Ich möchte diese Rede mit einem Appell beenden: Das so mühsam Erreichte dürfen wir nun nicht gefährden. Bitte denken Sie deshalb daran, Ihren Heizdraht alle sechs Monate zu erneuern. Durch einen Exklusivvertrag mit der Firma DigiCorp haben wir als Bundesregierung bereits 550 Millionen Heizdrähte auf Vorrat erworben. Denken Sie immer daran: Wir schaffen das. Gemeinsam gegen die Kälte – gemeinsam für die Demokratie.

21. Epilog

Die selbe Bühnensituation wie im Prolog: Vor der Bühne ist ein Mikrofon aufgebaut. FRANZISKA im Rollstuhl am Mikro. Spot auf sie.

1584 **FRANZISKA** Das ist das Ende der Geschichte. Jetzt kennen Sie die Wahrheit. Die ganze Geschichte. Alle fragen mich: Wie konnte es nur dazu kommen? Ist das wirklich eine Frage? Ich meine, wie hätte es nicht dazu kommen können?

1585 Tugce hat übrigens überlebt, aber es war knapp. Myokarditis, eine Art Herzinfarkt. Aber es heißt, so kurz nach der Ratschung, das war nur Zufall, die Ratschung ist sicher. Wir haben gemeinsam die Schule gewechselt.

1586 Ganz selten höre ich noch von den Anderen. Leonie hat ihren Vertrag mit Galactic Media verloren, aber soviele Follower wie nie. Assi hatte zwei Not-OPs, aber auch das ist nur Zufall und hat nichts mit der Ratschung zu tun. Das mit Denise und Justin hat wohl nicht lange gehalten, und wo Stanislav und seine Familie sind? Das weiß keiner. Tja, und was die Geschehnisse an diesem letzten Schultag angeht ... Darüber reden wir nicht. Alle machen das, was sie schon vorher so gut trainiert haben: Sie sind solidarisch und halten zusammen – dicht. Aber nicht mehr mit mir.

1587 Es heißt, wir haben die Kälte besiegt. Vielleicht. Aber zu welchem Preis? Wollen wir wirklich so sein? Sind wir so?

1588 Niemand kann sich einfach raushalten. Kein Mensch ist unsichtbar. Und nein, ich halte mich nicht mehr raus. Ich bin jetzt sichtbar. Danke für Ihre Aufmerksamkeit.

Sie rollt mit ihrem Rollstuhl aus dem Raum. Vorhang. ENDE.

Nachwort der Autorin

Wir müssen über die letzten vier Jahre reden.

Dezember 2023: Die Aufregung um Corona ist fast vollständig abgeflaut. Inzwischen ist klar: Wir sind noch einmal davongekommen; wir können das Virus nicht ausrotten, sondern nur mit ihm leben, was erstaunlich gut gelingt; und all die Rechenmodelle, die uns Millionen von Toten vorhersagten, trafen nicht zu. Außerdem: Auch geimpft kann man Covid-19 bekommen, und man kann ebenfalls andere Menschen damit anstecken. Schulschließungen waren vermutlich falsch; Maskenpflicht an der frischen Luft war wohl überzogen.

Also jetzt einmal ausschütteln und zurück zum Alltag? Das wäre grundfalsch und sogar gefährlich. Denn wir müssen uns jetzt genau anschauen und analysieren, wie wir uns in den letzten drei Jahren verhalten haben.

Wir hatten in den Jahren 2020 bis 2022 etwas, was ich als „die autoritäre Versuchung“ bezeichnen würde,

und leider muss man konstatieren: Durch diesen Test sind wir kläglich durchgefallen.

Dass die Impfung keinen Fremdschutz bietet, sondern maximal vor einem schweren Eigenverlauf schützt, ist heute allgemein akzeptierter Konsens. Doch im Winter 2021/22, als dies noch kein Konsens war und die Fallzahlen trotz hoher Impfquote immer weiter stiegen, fiel die Masse in ein uraltes Muster, das wir eigentlich längst überwunden geglaubt hatten: Sie suchte sich einen Sündenbock, den sie für ihre Not verantwortlich machte, und prügelte auf ihn ein. Das war der Ungeimpfte.

Man muss es ganz deutlich sagen: In den letzten vier Jahren sind erschütternd viele zivilisatorische Schranken gefallen.

Medien, Politiker/innen, aber auch ganz normale Mitmenschen haben Dinge getan und gesagt, die in einer freiheitlichen Demokratie niemals passieren dürfen.

❄ Im Mai 2020 saß ich zum Kaffee bei einer befreundeten Familie – sozial engagiert, zwei Kinder, brav und freundlich, kleines Häuschen im Grünen – und der Familienvater erklärt mir ruhig und in vollem Ernst: „Es gibt eine einfache Lösung für das Querdenkerproblem. Einfach alle in ein Stadion pferchen, nach 2 Wochen die Leichen raustragen, und die Sache ist erledigt."

❄ Im August 2020 wurde ich im ICE von einem Dutzend Menschen in rasender Wut angeschrien und von einem herbeigerufenen Polizisten in Handschellen (!) aus dem Zug geworfen, weil ich keine Maske tragen wollte.

❄ Ab November 2021 wurden ungeimpfte Menschen „enthemmte Extremisten" (SPD) und „Terroristen" (FDP) genannt. Das ZDF bezeichnete sie als „Blinddarm der Gesellschaft" und sinnierte offen darüber, dass „ein Blinddarm ja nicht zwingend nötig für das Überleben des Gesamtorganismus" sei. Auf dem weniger subtilen X (damals noch Twitter) gab es Morddrohungen und Lynchaufrufe gegen Ungeimpfte.

❄ Im Dezember 2021 wurde von Grünenpolitikern eine Erzwingungshaft für Ungeimpfte gefordert.

❄ Vier Monate lang, von November 2021 bis Februar 2022, wurden ungeimpfte Menschen (immerhin 22% der deutschen Bevölkerung!) komplett vom sozialen Leben ausgeschlossen, durften in keine Geschäfte, keine Restaurants, Cafés, Universitäten, Hotels, Sportzentren, Theater, Konzerte, generell Veranstaltungen, und verloren in vielen Berufen ihre Arbeitsstelle.

Was brachte uns Menschen dazu, derart hemmungslos überzureagieren, uns gegenseitig aufzuschaukeln, dermaßen verbal zu entgleisen, eine ganze Menschengruppe aktiv auszuschließen und zu diskriminieren?

Wir müssen das gemeinsam untersuchen, analysieren und aufarbeiten, denn es ist brandgefährlich für eine Demokratie.

„Welcome to Hysteria" ist ein Angebot, dies anhand einer literarisch verfremdeten Situation zu tun.

Das Thema des Theaterstück ist mein persönliches Herzensanliegen. Seit vielen Jahren engagiere ich mich in meinem Theater gegen Ausgrenzung und Hetze, für ein friedliches, respektvolles Miteinander und für ein ernstgemeintes „Nie wieder!", das immer auch ein „Wehret den Anfängen!" einschließen muss.

Ich habe deshalb schon frühzeitig in der Pandemie meine Stimme erhoben und davor gewarnt, dass wir möglicherweise dabei sind, aus gutgemeinten Motiven heraus überzureagieren und ungewollt in ein gefährliches autoritäres Fahrwasser zu geraten. Ob es etwas gebracht hat?

Anfang 2022 habe ich jedenfalls letztendlich „einen auf Stanislav gemacht" und habe Deutschland verlassen. Nur mit zwei Koffern reise ich seitdem quer über unseren schönen Planeten – wild, frei und konsequent immer nur der Nase nach.

„Welcome to Hysteria" entstand so innerhalb von neun Monaten auf drei verschiedenen Kontinenten – am bolivianischen Titicaca-See (Südamerika), auf Sansibar (Afrika) und im Sinai (Asien). Auf dem vierten Kontinent (Europa) wird es nun veröffentlicht.

Das Theaterstück kann als Schullektüre im Unterricht mit verteilten Rollen gelesen oder auch als Theaterstück inszeniert werden – mit der Klasse, der schulischen Theater-AG, dem theaterpädagogischen Jugendclub ...

Es war mir ein großes Anliegen, sämtliche Charaktere und ihre Motivationen nachvollziehbar zu gestalten – auf diese Weise ist es möglich, mit den Schülerinnen und Schülern in ein ehrliches und reflektiertes Gespräch zu kommen und selbstkritisch die Geschehnisse und auch die Auswüchse der Corona-Zeit zu thematisieren und gemeinsam aufzuarbeiten.

Lassen Sie uns aus der (in diesem Falle sehr nahen) Vergangenheit für die Zukunft lernen.

im Dezember 2023

Anhang zu Szene 18

Stefanies fiktiver „Tagesschau"-Kommentar besteht ausschließlich aus Originalzitaten von Politiker/innen und Journalist/innen während der Corona-Zeit (2020 – 2022). Ich habe lediglich das Wort „Geimpfte / Ungeimpfte" durch „Geratschte / Ungeratschte" ersetzt.

In manchen Fällen habe ich den Satzbau leicht angepasst, um einen durchgängigen Textfluss herzustellen, allerdings ohne den Sinn zu verändern. Alle Sätze sind genau so geäußert und veröffentlicht worden.

ZITAT	**QUELLE**
Na, herzlichen Dank an alle ~~Ungeimpften~~ Ungeratschten. Dank euch droht ~~der nächste~~ ein ewiger Winter im Lockdown. Die Maßnahmen sind ein Schlag ins Gesicht für alle, die in den vergangenen Monaten solidarisch waren, die sich haben ~~impfen~~ ratschen lassen.	ARD, Tagesthemen, 19.11.2021 Verfasserin: Sarah Frühauf, Journalistin
Ohne jedes Mitgefühl – Ihr seid schuld!	t-online, 24.11.2021 Verfasserin: Kati Degenhardt, Journalistin
Alle ~~Impfverweigerer~~ Ratschverweigerer, die mit ihrem Starrsinn zig Millionen Menschen quasi in Geiselhaft nehmen.	Günther Jauch, TV-Moderator (Im Interview mit t-online, 30.11.2021)
Wir dürfen es uns nicht mehr gefallen lassen, dass eine winzige Minderheit von enthemmten Extremisten versucht, unserer gesamten Gesellschaft ihren Willen aufzuzwingen,	Olaf Scholz (SPD), Bundeskanzler (Im Interview mit der WAZ, 15.12.2021)
und so als Minderheit die Mehrheit terrorisiert.	Marie-Agnes Strack-Zimmermann (FDP), Mitglied des Deutschen Bundestages (Im Interview mit der WELT, 15.11.2021)

ZITAT	QUELLE
Denn die Mehrheit der Bevölkerung hat längst begriffen, dass es sich bei den radikalisierten ~~Impfgegnern~~ Ratschgegnern um Verfassungsfeinde handelt, die den demokratischen Staat ablehnen und für rationale Argumente nicht mehr empfänglich sind.	ARD, Tagesschau, 21.12.2021 Verfasser: Michael Stempfle, Journalist
Was es jetzt braucht, ist ein scharfer Keil, der die Gesellschaft spaltet. Richtig und tief eingeschlagen, trennt er den gefährlichen vom gefährdeten Teil der Gesellschaft	DIE ZEIT, 19.11.2021 Verfasser: Christian Vooren, Redakteur
All jene, die sich nicht haben ~~impfen~~ ratschen lassen, sind schuld an dieser ~~vierten Welle~~ Kältewelle. Sie verdienen keine Nachsicht, sondern Wut.	Der Standard, 13.11.2021 Verfasser: Eric Frey, Journalist
Deshalb ist es jetzt wichtig, dass man eine klare Botschaft an sie sendet: ‚Ihr seid jetzt raus aus dem gesellschaftlichen Leben.'	Tobias Hans (CDU), Ministerpräsident des Saarlandes (Im Interview bei „Maybrit Illner", ZDF, 9.12.2021)
~~Impfen~~ Ratschen ist der Weg zur Freiheit.	Markus Söder (CSU), Ministerpräsident von Bayern (Auf seinem Facebook-Account, 13.7.2021)
Gibt es eine moralische Pflicht, sich ratschen ~~impfen~~ zu lassen? Ja! ~~Jede Dosis~~ Jeder Draht muss in einen Arm.	Prof. Dr. Alena Buyx, Vorsitzende des deutschen Ethikrates (Im Interview mit DER SPIEGEL, 16.2.2021)
Wenn das nicht freiwillig zu gehen scheint, muss eben nachgeholfen werden.	Osthessen News, 4.12.2021 Verfasser: Christian P. Stadtfeld, Chefredakteur

ZITAT	QUELLE
Es darf keine roten Linien geben, das hat uns diese ~~Pandemie~~ Kältewelle nun wirklich gezeigt.	Olaf Scholz (SPD), Bundeskanzler (Im Interview mit ZDF heute, 12.12.2021)
Also: Alle, die sich immer noch nicht ratschen ~~impfen~~ lassen möchten, müssen damit rechnen, dass man sie sehr genau beobachtet.	Clemens Hoch (SPD), Gesundheitsminister von Rheinland-Pfalz (Im Interview mit der Süddeutschen Zeitung, 30.8.2021)
Möge die gesamte Republik mit dem Finger auf sie zeigen.	DER SPIEGEL, 7.12.2020 Verfasser: Nikolaus Blome, Journalist
Keine Rücksicht auf die Rücksichtslosen! Schützt die Mehrheit!	STERN, 18.11.2021 Verfasser: Walter Wüllenweber, Journalist

Auf **www.ich-habe-mitgemacht.de** findet sich ein Archiv mit Hunderten weiterer entsprechender Zitate.